FATIK ET LE JONGLEUR
DE CALCUTTA

Satyajit RAY fut l'un des plus grands cinéastes contemporains. Il a réalisé plus de trente films dont *Le Salon de musique*. C'était aussi un musicien (il a composé la musique de presque tous ses films) et un écrivain. À quarante ans il a commencé à écrire pour les enfants. C'était une manière de se faire plaisir quand il ne faisait pas de films. Puis il s'est mis à écrire tous les jours. « C'est un besoin ! » disait-il. *Fatik et le jongleur de Calcutta* est son premier roman pour enfants traduit en français.

Satyajit RAY

Fatik et le jongleur
de Calcutta

Traduit du bengali par
France Bhattacharya

Illustrations de
Maïté Delteil

POCKET

Titre original :
Fatik Chand

Ce livre a été publié pour la première fois en français,
en 1981, aux éditions Bordas dans la collection
« Aux quatre coins du temps »

Achevé d'imprimer en juillet 1997
par Maury-Eurolivres S.A.
45300 Manchecourt

Dépôt légal : mai 1995.

Loi n° 49 956 du 16 juillet 1949 sur les publications destinées
à la jeunesse : mai 1995.

ISBN 2-266-06525-4

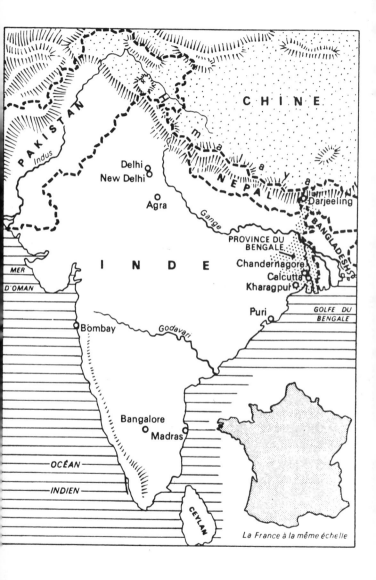

La France à la même échelle

AVANT-PROPOS

L'histoire de notre héros Fatik se passe au Bengale, province du nord-est de l'Inde. La plus grande ville est Calcutta.

En Inde, qui a été sous la domination britannique depuis le XVIIIe siècle jusqu'en 1947, la langue anglaise sert de moyen de communication dans l'administration, les affaires, l'éducation secondaire et l'université. Les classes sociales aisées l'utilisent volontiers et mettent leurs enfants dans des écoles de modèle occidental.

Ce livre a été traduit du bengali, une des nombreuses langues de l'Inde avec le hindi, le punjabi, etc. C'est la langue du Bengale. En bengali, quand on s'adresse à une personne plus âgée que soi de quelques années, on emploie souvent le suffixe « da » ajouté au prénom. Ainsi, Haroun le jongleur devient dans la bouche de Fatik, Haroun-da.

Voici le début du dernier chapitre en bengali :

সাড়ে-চারটের সময় হরিনাথ চায়ের জন্য বাবলুর খোঁজ করে বুঝতে পারল, খোকাবাবু বাড়ি নেই। তাতে হরিনাথের খুব বেশি ভাবনা হল না, কারণ তিনটে বাড়ি পরেই বাবলুর বন্ধু থাকে। অ্যাদ্দিন পরে বাড়ি ফিরে খোকাবাবু নিশ্চয়ই তার বন্ধুর সঙ্গে দেখা করতে গেছে ; একটু পরেই ফিরে আসবে।

CHAPITRE PREMIER

Quand donc a-t-il ouvert les yeux ? Il n'en sait rien. Avant même de pouvoir distinguer quoi que ce soit, il se rend compte qu'il a froid, qu'il est mouillé, qu'il est couché sur l'herbe et qu'il a sous la tête quelque chose de dur. Il réalise ensuite qu'il a mal en plusieurs endroits. Pourtant il lève doucement le bras droit et il le plie. Dès qu'il le fait passer derrière sa tête, sa main vient à toucher une pierre froide. C'est une grosse pierre qu'il lui est impossible de déplacer d'une seule main. Pourquoi ne pas déplacer plutôt la tête ? C'est ce qu'il fait et il se retrouve encore plus bas, à même le sol.

Il se rend compte maintenant qu'il peut voir. S'il ne le pouvait pas jusqu'à présent c'est qu'il faisait nuit et qu'il était couché sous le ciel couvert de nuages. Maintenant les nuages se sont dissipés et des étoiles brillantes ont fait leur apparition.

Il essaie de comprendre ce qui lui est arrivé.

Il ne va pas se lever maintenant. Il faut d'abord qu'il sache ce qui s'est passé, pourquoi il est couché dans l'herbe, pourquoi il a mal, pourquoi il a des élancements dans la tête.

Quel est ce bruit toujours pareil ? Après réflexion, cela lui revient, ce sont des criquets. Ils chantent ? Non, ils ne chantent pas. Les criquets ne sont pas des oiseaux, ce sont des insectes. Il sait cela aussi. Comment l'a-t-il su ? Qui le lui a dit ? Il ne s'en souvient pas. Il penche un peu la tête. Il ressent une douleur aussitôt. Tant pis. Sans trop remuer la tête il cherche à regarder autour de lui. Pourquoi se trouve-t-il là où il est ? et à cette heure ? Il faut qu'il le sache. Tiens, qu'est-ce que c'est que ça ? Les étoiles sont-elles en train de descendre du ciel ? Non, il se souvient, ce sont des lucioles. Les lucioles, dans le noir, luisent en voletant ici et là. La lueur produite par les lucioles est une lumière froide. Elle n'est pas chaude à la main. Qui lui a dit cela ? Il n'en sait rien.

S'il y a des lucioles c'est qu'il y a des arbres. Les lucioles vont et viennent près des arbres et dans les taillis. Là-bas il y a beaucoup de lucioles. Tout près d'ici, un peu plus loin et tout là-bas. Cela veut dire qu'il y a une grande quantité d'arbres. Comment appelle-t-on ça

quand il y a beaucoup d'arbres ensemble ? Il ne se rappelle pas.

Il tourne la tête de l'autre côté. De nouveau, il ressent la même douleur.

De ce côté-là aussi il y a beaucoup d'arbres, beaucoup de lucioles. La cime des arbres ne fait qu'un avec le ciel, tout est noir. Les étoiles luisent, fixes dans le ciel. Les lucioles toutes brillantes vont d'un arbre à l'autre.

De ce côté-là les arbres sont loin parce qu'il passe une route au milieu. Qu'est-ce qu'il y a là sur la route ? Il ne l'avait pas vu avant, il voit maintenant, il distingue de mieux en mieux. C'est une automobile. Elle est arrêtée, non, elle est penchée d'un côté. Il n'en voit que l'arrière. À qui appartient cette voiture ? Est-ce qu'il était dedans ? Où allait-il ? il n'en sait rien. Il ne s'en souvient pas.

La vue de cette voiture lui fait peur. Dans cet endroit il n'y a que cette voiture et lui, rien d'autre. Aucun être humain. Il est seul. Et cette voiture est là penchée sur le côté, lui présentant l'arrière.

Il sait qu'il aura mal s'il se lève. Il se lève pourtant. Mais il retombe. Il se relève, se met debout et avance vers les arbres, tournant le dos à la voiture.

C'est une forêt. C'est ce qu'on appelle une

forêt. Il s'en souvient. La nuit n'est pas finie. L'obscurité n'est pas dissipée. Cependant il se rend compte qu'il s'agit d'une forêt. Il la distingue à peine. On peut donc voir à la lueur des étoiles. Le clair de lune éclaire encore mieux mais l'éclat du soleil illumine tout.

Il passe devant trois arbres et s'arrête devant le quatrième. Il n'y a pas seulement un arbre devant lui, il y a autre chose. Un peu plus loin. Il se cache derrière un tronc, passe la tête et regarde attentivement.

Une troupe d'animaux. Ils se déplacent ensemble, c'est pourquoi on entend un martèlement. L'appel des criquets a diminué, aussi le bruit des pas se fait mieux entendre. Ils ont des cornes sur la tête ; une bête, deux, encore une. Ce sont des antilopes. Ça lui revient. L'une d'elles s'arrête soudain et lève la tête. Les autres s'arrêtent aussi derrière elle. Elles ont entendu quelque chose.

Cette fois il entend lui aussi. C'est le bruit d'une voiture qui vient dans cette direction.

Les antilopes se sauvent. Elles courent, elles bondissent. Elles étaient là, elles n'y sont plus. Elles se sont toutes enfuies.

La voiture se rapproche. Maintenant il peut distinguer beaucoup plus de choses. Le ciel derrière lui n'est plus aussi noir. À la cime des arbres le ciel est moins foncé. Les étoiles ont pâli.

Il fait demi-tour. La voiture sera peut-être visible. Il marche en direction de la route mais il n'arrive pas à presser le pas. Il a mal à la jambe. Il boite.

La voiture est passée. C'était un camion, un camion vert chargé de marchandises. Arrivé à la hauteur de la voiture penchée vers l'avant, le camion a ralenti mais ne s'est pas arrêté.

Il arrive à la route en traînant la jambe. Maintenant il fait plus clair, il voit bien la voiture. Son avant est tordu, enfoncé et tout abîmé. Le capot, à moitié soulevé, est béant. La porte de devant est ouverte. On aperçoit une chevelure. L'homme est couché. Sa tête dépasse un peu par la porte ouverte. Un liquide a coulé de sa tête sur la route.

À l'arrière de la voiture il y a un autre homme. On ne voit que son genou par la fenêtre. Son pantalon est noir. La voiture est bleu clair. Tout autour, sur une grande surface, sont étalés des bris de verre. Dans chaque morceau se reflète un peu du ciel. Maintenant il fait jour.

Les criquets ne chantent plus. Un oiseau lance son appel trois fois de suite, aigu comme un sifflet.

De nouveau la vue de la voiture lui fait

peur. Il n'y a pas de rouge ailleurs ? Si, il y en a, sur sa chemise, sur son bras et sur ses chaussettes. Il ne veut plus rester ici. La route s'en va en zigzaguant. Là-bas la forêt se termine sans doute car c'est beaucoup plus ouvert.

Il marche dans la direction où la forêt semble finir. Il va pouvoir marcher. Il comprend qu'il n'a pas été très blessé. Les deux autres l'ont été. Peut-être même sont-ils morts. Si sa douleur à la tête diminuait et si sa blessure au coude se cicatrisait et s'il pouvait marcher sans boiter, il pourrait répondre qu'il va bien à quelqu'un qui lui demanderait de ses nouvelles.

Mais l'extraordinaire c'est qu'il ne se rappelle rien. Il ne comprend pas pourquoi. Il ne se souvient de rien de ce qui s'est passé avant qu'il voie les étoiles dans le ciel. Même pas de son nom. Il sait seulement qu'il y a là une voiture accidentée avec deux hommes dedans qui ne bougent pas. Il sait que ça c'est une route, là de l'herbe, des arbres, le ciel au-dessus de sa tête. Un coin du ciel est rouge maintenant, ce qui veut dire que le soleil va se lever, c'est donc le matin.

Il marche. Le chant des oiseaux est assourdissant. Maintenant il reconnaît les arbres — un banyan, un manguier, un kapokier. Et celui-ci, qu'est-ce que c'est ? Un goyavier ? oui, et qui a des goyaves ! À la vue de ces fruits il comprend qu'il a faim. Il quitte la route et se dirige vers l'arbre. Une chance que ce soient des goyaves et non des mangues. Il y a aussi des mangues sur le manguier mais il sait qu'il ne pourrait pas les attraper à cause de ses douleurs. Les goyaves, par contre, sont à la portée de sa main. Il en mange deux coup sur coup.

À la limite de la forêt la route rencontre une autre route. De quel côté va-t-il se diriger ? Il n'en sait rien. Finalement, sans réfléchir il prend à droite, avance un peu, puis, n'en pouvant plus, il va s'asseoir au pied d'un arbre dont il ne connaît pas le nom. Des lignes noires et blanches sont tracées sur son tronc. Il n'y a pas que sur cet arbre, tous les arbres des deux côtés de la route sont ainsi marqués. Qui a tracé ces lignes ? Pourquoi des raies noires et blanches ? Il a beau réfléchir, il n'arrive pas à comprendre.

Il ne veut plus y penser. Il ressent de grands battements dans la tête. Et en même temps il se rend compte que son nez se fronce, que ses lèvres tremblent.

Il respire à fond. Aussitôt ses yeux se remplissent de larmes. Ensuite tout disparaît, tout s'efface devant lui, les arbres, la route, le blanc, le noir, le jaune et le vert.

CHAPITRE II

Il voit bouger devant lui la tête d'un homme. Une tête qui porte une grande barbe et un turban. Non, ce n'est pas l'homme qui bouge, c'est lui qui bouge, en fait. L'homme le secoue :

— Tu veux du lait, petit ? du lait chaud ?

L'homme tient à la main un verre de lait fumant.

Il a compris cette fois. Il est couché à l'arrière d'un camion. Il y a toutes sortes de ballots. Sur un côté, là où le camion s'ouvre, on lui a fait un peu de place. Il est couché sur un drap. On l'a recouvert d'un autre drap et, sous la tête, on lui a mis un tas de vêtements. Il s'assied et prend le verre. Le camion est au bord d'une route, arrêté devant une petite échoppe. Devant sont alignés quelques bancs sur lesquels sont assis trois hommes en train de boire du thé. Il y a d'autres échoppes des deux côtés de la route. L'une est un garage. On entend frapper sur des tôles. Une voiture noire est arrêtée juste devant et un homme en costume de ville essuie ses lunettes avec son mouchoir.

L'homme au turban va vers l'échoppe, puis revient vers lui. Les hommes qui étaient assis sur les bancs se lèvent et le suivent.

— Comment t'appelles-tu ? demande l'homme au turban.

Le garçon tient encore le verre de lait à la main. Du très bon lait, il a plaisir à le boire.

— Je ne sais pas, répond-il.

— Comment, tu ne sais pas ? Tu es bien bengali ?

Il fait oui de la tête. Il est sûrement bengali. Tout ce qu'il a pensé jusqu'à présent était en bengali.

— Où habites-tu ? Comment as-tu été blessé ? Étais-tu seul ? Où sont les autres ?

— Je ne sais pas. Je ne me rappelle pas.

— Qu'est-ce qui se passe ? Qui est cet enfant ?

L'homme à la voiture noire s'est approché du camion. Il est presque chauve, mais il n'est pas très âgé. Il le regarde attentivement en plissant les yeux. L'homme au turban lui raconte l'affaire en langue hindi. C'est très simple. Il a vu ce garçon évanoui au bord de la route et il l'a transporté dans son camion. S'il apprend que c'est un garçon de Calcutta il le raccompagnera chez lui.

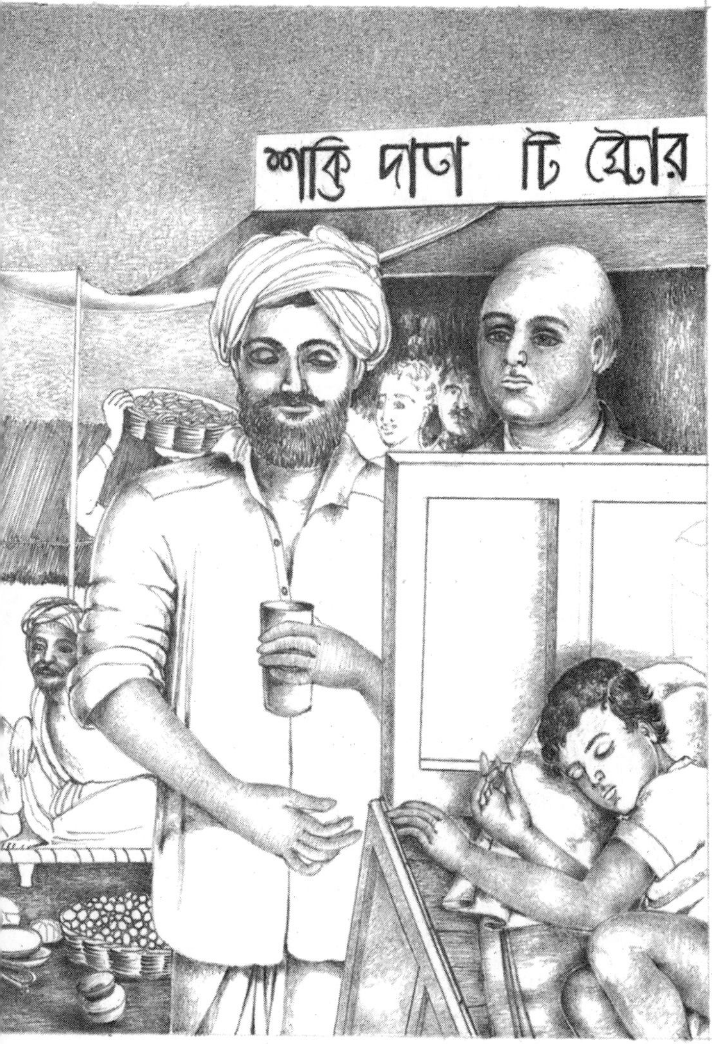
শাক্তি দাতা টি ষ্টোর

Le monsieur bengali se rapproche encore.

— Comment t'appelles-tu ?

Il est ennuyé de ne pas se rappeler son nom. Il lui faut encore une fois dire qu'il ne s'en souvient pas. L'homme au turban éclate de rire.

— Tu n'as pas autre chose à dire que « je ne sais pas, je ne sais pas » ? Que veux-tu dire par « je ne sais pas », tu as oublié ?

— Oui.

Le monsieur aperçoit sa blessure au coude.

— Tu as mal ailleurs ?

Il montre l'écorchure de son genou.

— Tu as été blessé à la tête ?

— Oui.

— Fais voir. Baisse un peu la tête.

Il baisse la tête et le monsieur regarde bien l'enflure sur son crâne. Quand il la touche, le garçon a mal et frissonne.

— C'est un peu écorché, peut-être ? Il y a du sang dans tes cheveux. Est-ce que tu pourras descendre ? Fais attention. Viens.

Il rend le verre à l'homme au turban et fait pendre ses jambes en dehors du camion. Le monsieur lui prend la main et avec précaution l'aide à descendre. Il échange ensuite quelques mots avec l'homme au turban. Kharagpur, la ville la plus proche, est à cinquante kilomètres. Le monsieur l'y emmènera et le conduira chez un pharmacien qui lui fera un pansement et lui donnera des comprimés. Le monsieur le déposera ensuite chez lui à Calcutta.

— Emmenez-le au poste de police, dit l'homme au turban. Il y a quelque chose de louche là-dessous.

Il lui faut un certain temps pour réaliser ce que c'est qu'un poste de police. Mais ensuite le mot « police » lui fait battre le cœur. La police attrape les voleurs. Elle punit. Il se demande s'il n'a pas volé.

Le monsieur conduit sa voiture. Il le fait monter à côté de lui. Il met le moteur en marche et peu de temps après ils laissent loin derrière eux les maisons et les boutiques au bord de la route. Ils roulent en rase campagne. Il s'aperçoit que le monsieur le regarde du coin de l'œil de temps en temps. Puis les questions reprennent.

— Tu habites Calcutta ?

Il doit répondre encore :

— Je ne sais pas.

— Tu ne te rappelles pas tes parents, ni tes frères et sœurs ?

— Non.

Puis de lui-même il lui fait le récit de la nuit dernière. Il lui parle de la voiture accidentée. Il mentionne les deux hommes.

— Tu as noté le numéro de la voiture ? demande le monsieur.

— Non.

— Comment étaient ces deux hommes, tu t'en souviens ?

Il lui dit ce qu'il en sait. Pendant le reste du trajet le monsieur reste silencieux, les sourcils froncés.

Il est deux heures de l'après-midi. Le monsieur, qui a regardé sa montre le lui apprend. Une fois il a envie de lui dire qu'il a faim. Un verre de lait et deux goyaves ne l'ont pas suffisamment nourri. Mais ce n'est pas la peine : près du panneau annonçant que Kharagpur est encore à douze kilomètres, le monsieur arrête sa voiture. À l'ombre d'un arbre, il sort une boîte, l'ouvre et en extrait un pique-nique — quelques galettes de farine frites et des pommes de terre — qu'il partage avec lui. Au début il n'arrive pas à se rappeler qu'on appelle « luchi » ces galettes rondes et blanches. Mais finalement, à la vue d'une troupe d'oiseaux prenant leur vol, il se rappelle leur nom « milan », aussitôt après lui revient le nom des galettes « luchis ».

Sur les panneaux de signalisation le nombre indiquant la distance ne cesse de diminuer et quand il est tombé à deux on aperçoit la ville de Kharagpur.

— Tu es déjà venu à Kharagpur ? demande le monsieur.

Ce nom de Kharagpur ne lui dit rien, comment pourrait-il savoir s'il y est déjà venu. Il ne reconnaît rien de la ville en tout cas.

— Il y a ici une grande école appelée Institut de Technologie, IUT, dit le monsieur.

Le mot IUT fait plusieurs tours dans sa tête mais lorsque les bruits de la ville augmentent il l'oublie.

À la vue d'un agent de police à un carrefour il a un coup au cœur et, sans réfléchir, il dit :

— Je n'aime pas la police.

Le monsieur continue de regarder la route droit devant lui.

— Il faudra prévenir la police, dit-il. Inutile de protester. Tu es un garçon de bonne famille, il suffit de te regarder pour en être persuadé. Tu as sûrement des parents. Même si toi tu les a oubliés, ils ne t'ont pas oublié eux. Pour savoir qui tu es il faudra aller au poste de police. C'est la police qui te raccompagnera chez toi. Les gendarmes ne sont pas de mauvaises gens. Ils rendent beaucoup de services.

Le pharmacien nettoie ses plaies et les

panse. Il lui met de la glace sur le crâne, lui soigne le coude et y met un sparadrap.

— Où est le poste de police le plus proche ? demande le monsieur au pharmacien.

Avant que le pharmacien n'ait pu répondre le garçon demande :

— Je voudrais aller aux toilettes.

— Viens avec moi, répond le pharmacien qui lui montre le chemin.

Il suit le pharmacien qui passe une porte et va sur une véranda. Il lui indique une porte au bout.

Il ouvre cette porte, entre et la referme en tirant la targette. Il fait ensuite ce qu'il a à faire. Puis il ouvre une deuxième porte qui va vers l'extérieur. Il sort de la maison.

Le voilà alors dans une ruelle. Elle débouche à droite sur une grande rue. Il a peur qu'on l'y rattrape. Il tourne à gauche. Il ne sait pas où il va, mais en tout cas il ne veut pas aller au poste de police, c'est cela le principal. Les gens le regardent, à cause sans doute de ses vêtements sales, des taches de sang, de sa démarche boiteuse. Mais personne ne lui demande rien.

Il avance. Le sifflement d'un train se fait entendre. Au bout de la ruelle il arrive dans une rue assez large. Elle est très encombrée. Les gens s'affairent, personne ne regarde dans sa

direction. À gauche la voie ferrée passe de l'autre côté d'une grille en fer. Plusieurs rails sont posés les uns à côté des autres. Un train de marchandises est arrêté. On entend le sifflement de la locomotive à vapeur, très fort et tout proche.

Sur le côté de la voie, au sommet d'un pilier en fer, des lumières rouges et vertes sont perchées au bout de tiges métalliques. Comment appelle-t-on ça ? Il ne se rappelle pas.

Voilà la gare. Une grande gare. Un train est arrêté et sur le quai une foule se presse. Il entre dans la gare en traînant la jambe. Le train est arrêté devant lui. La locomotive siffle. Une voix intérieure lui dit : « Il faut que tu montes dans ce train. C'est une occasion. Vas-y, monte maintenant. » Devant, derrière, tout autour, les gens courent. Un coup violent frappé avec une valise par-derrière le fait trébucher. Il va tomber. Les wagons défilent devant lui. Il s'avance. Toutes les portes sont fermées. Comment va-t-il monter ?

Une porte est ouverte. Pourra-t-il se hisser ? Non, il n'a pas de force dans les bras, il n'a pas de force dans les jambes. Pourtant la voix intérieure lui dit : « Voilà l'occasion. Monte ! »

Il se rapproche. Il allonge le bras. Il attrape

la porte. Il lui faudrait courir, saisir la poignée et sauter dans le train. S'il glisse et perd pied, c'est fini...

Son pied ne touche plus le sol. Il n'a pas glissé. Une main s'avance vers lui de l'intérieur du train. Elle le saisit à la taille et le hisse. Il se retrouve dans le compartiment. Une voix bourrue s'adresse à lui :

— Alors on fait le malin ? Tu veux que je te donne un coup de pied dans les tibias, toi le petit boiteux ?

CHAPITRE III

Maintenant il reprend son souffle, assis sur la banquette. Sa respiration est si courte qu'il ne pourrait pas parler même s'il en avait envie.

Il regarde l'homme. Il l'a grondé ? Qu'importe. Il n'a pas l'air très en colère. Il était peut-être fâché au début et puis en le voyant sa colère est tombée. Ses yeux espiègles sourient. Sa bouche entrouverte laisse apercevoir les dents brillantes que l'éclat du soleil fait briller encore plus. On a l'impression que des milliers d'idées ingénieuses se pressent dans la tête de cet homme. Il est capable de se débrouiller dans toutes les circonstances.

Il y a d'autres personnes dans le compartiment mais ils sont seuls tous les deux sur la banquette. En face d'eux sont assis trois vieux messieurs, les uns à côté des autres. L'un dort ; le deuxième vient de priser. Il a pris une pincée de poudre noire, l'a portée à ses narines et a respiré fortement en secouant vigoureusement la main. Le troisième lit son journal. Comme le balancement du train va en augmentant, il est obligé de rapprocher de ses yeux le journal et de le tenir fermement.

— Maintenant, mon joli, dis-moi un peu ce que tu comptes faire ?

La voix de l'homme est grave mais le sourire n'a pas complètement disparu. Il le regarde comme s'il voulait déchiffrer son passé par la force de son regard.

Il ne répond pas. Son idée c'est d'échapper à la police. Cela il ne peut pas le dire.

La police ?

L'homme lit sa pensée et lui pose brusquement la question.

— Tu passes du riz en contrebande ? demande l'homme.

C'est la troisième question qu'il lui pose et il n'a encore répondu à aucune.

— Hum ! Tu es un garçon de bonne famille ; tu n'as pas la force de courir avec un sac de riz sous le bras.

Il reste silencieux. L'homme continue à le regarder.

— Alors il faudra t'envoyer un pétard dans le ventre pour te faire parler ? dit l'homme.

Puis il se rapproche et baissant la voix :

— Tu peux bien me le dire, je ne le répéterai à personne. Moi aussi je me suis sauvé de la maison comme toi.

Il sait que l'homme va maintenant lui demander son nom. Il préfère lui demander le sien.

— Mon nom ? je te le dirai après, répond l'homme. Dis-moi d'abord le tien.

Ça l'ennuie de devoir toujours répondre qu'il n'en sait rien. Dans la rue où était la pharmacie, à Kharagpur, il avait vu un nom sur une enseigne. En lettres noires sur un fond blanc il avait lu « Mahamaya Stores » et au-dessous, en plus petit « prop. Fatik Chandra Pal. »

Il répond alors rapidement :

— Fatik.

— C'est ton surnom ?

— Non, c'est mon nom.

— Quel est ton nom de famille ?

— Mon nom de famille ?

Il cherche un moment le sens de l'expression « nom de famille » mais sans succès.

— Tu ne comprends pas ce que c'est qu'un nom de famille ? le nom de ton père, voyons !

Cela ne lui dit rien non plus. L'homme s'impatiente.

— Le nom qui vient en dernier, par exemple Ravi et ensuite Tagore. Tu es vraiment stupide, ou alors tu le fais exprès. Il faut que je le sache.

30

Lorsqu'il a entendu l'homme dire « ce qui vient à la fin », il a compris. Il répond :

— Pal. Mon nom de famille est Pal. Au milieu il y a Chandra. Fatik Chandra Pal.

L'homme le fixe un moment. Puis il lui tend la main en disant :

— Seul un artiste peut s'inventer un nom à brûle-pourpoint. Allons, serre la main à Haroun, Fatik Chandra Pal. Haroun, au milieu al et à la fin Rashid. Haroun al Rashid, le Calife de Bagdad, le roi des jongleurs.

L'homme lui tend la main mais ça l'agace qu'il ne croie pas à son nom d'emprunt.

— Dans les familles comme la tienne, dit l'homme en le regardant droit dans les yeux, il y a bien longtemps que des prénoms comme Fatik ne se donnent plus. Montre-moi ta main.

Avant qu'il ait pu répondre, l'homme lui saisit la main droite et regarde la paume.

— Tu ne t'es pas souvent accroché à la portière des autobus pour monter en marche. Ta chemise a coûté au moins cent roupies... ton pantalon est en tissu cher... tu ne portes pas d'amulette... il n'y a pas longtemps que tu t'es fait couper les cheveux et chez un très bon coiffeur. Je me trompe ?

L'homme le regarde de nouveau fixement. Il attend une réponse. Il répond donc.

— Je ne me rappelle rien.

Les yeux de l'homme se rapetissent et deviennent de plus en plus brillants.

— Ne cherche pas à faire le malin avec le Calife de Bagdad. Tes ruses ne prendront pas. Tu n'es pas tombé de la dernière pluie. On voit que tu es allé dans une très bonne école anglaise, ça se voit. Tu as eu de mauvaises fréquentations et tu t'es sauvé de chez toi. Tu crois que je ne le sais pas ? Comment t'es-tu fait mal au coude ? Pourquoi as-tu une bosse sur la tête ? Pourquoi est-ce que tu boites ? Parle franchement, mon garçon. Sinon je vais te prendre par la peau du cou et te déposerai sur le quai de la prochaine gare. Allez, raconte.

Il raconte. Il dit tout. Il pense qu'il peut tout dire. Cet homme ne lui fera pas de mal. Il ne le mènera pas à la police. Il lui raconte tout, depuis le moment où il a aperçu les étoiles jusqu'à sa fuite par la porte de derrière des toilettes.

L'homme écoute, puis il reste un moment silencieux à regarder par la fenêtre défiler la campagne.

— Il te faudra un endroit pour habiter à Calcutta, dit-il enfin. L'endroit où j'habite ne t'ira pas.

— Tu habites Calcutta ?

— J'y habitais et j'y retourne. J'ai un logement à Entally. Je pars en tournée de temps à autre. Je fais les foires. Parfois on m'appelle pour les fêtes, pour les mariages. Maintenant j'arrive du Sud. Tu connais ? Près de Madras. Je suis en relation avec un cirque. Le trapéziste est mon ami. Il doit me faire savoir s'il y a une possibilité. Pour le moment je resterai à Calcutta. Sous la colonne aux Martyrs j'ai un petit coin sur l'herbe. Ça me suffit.

— Tu habiteras sur l'herbe ?

Il se rappelle qu'il était resté longtemps couché sur l'herbe.

— Non, je n'y habiterai pas mais j'y ferai mes jongleries. Tu vois la boîte sous la banquette ? Dedans il y a tout ce qu'il me faut pour mes tours. Je suis jongleur. Je n'ai rien eu besoin d'acheter. Tout m'a été donné par mon maître.

Au nom de son maître il salue trois fois, les mains jointes au-dessus de sa tête.

— Il a jonglé jusqu'à l'âge de soixante-treize ans. À cet âge encore sa barbe était à moitié noire, quand il y passait le peigne. Il s'asseyait sur ses talons, comme font les Musulmans pour faire la prière, et il lançait sa toupie vers le ciel. Il la rattrapait sur la paume de la main. Un jour, je vois que le maître ramène les mains sur la poitrine et qu'il se plie en deux. La toupie était retombée et tournait sur son dos, juste sur sa colonne vertébrale. Le public a applaudi, il croyait que c'était un tour nouveau. Mais en fait le maître n'a jamais pu se redresser.

L'homme reste silencieux un moment. Il regarde par la fenêtre et pense à son maître.

— Je demanderai à Oupen de t'arranger une planque, dit-il enfin. Mais la police sera sûrement à tes trousses, je te préviens.

Il pâlit.

— En fait je devrais t'emmener au poste, dit l'homme.

— Non, non ! s'écrie-t-il.

— N'aie pas peur, voyons, dit l'homme en riant. Les artistes n'ont pas les mêmes devoirs que les autres. Si j'avais suivi le règlement depuis le début, je ne serais pas là à parler avec toi dans un compartiment de troisième classe. Si je l'avais suivi le règlement, moi, Aroun Mustafi, je serais en train de rentrer chez moi, après le bureau, dans ma voiture.

Un nom lui restait en tête, il demande :

— Qui est Oupen ?

— Oupen Gouin. Il a un petit café à Bentinck Street.

— Qu'est-ce que c'est qu'une planque ?

— Un endroit pour habiter, un logement, voyons... Tu es sûrement allé dans une école chic.

CHAPITRE IV

L'inspecteur de police, Dinesh Chandra, sort une nouvelle fois son mouchoir et essuie la sueur de son front.

— Il ne faut pas être si..., monsieur, dit-il en riant d'un rire un peu épais. Nous faisons des recherches. Nous...

— Pensez-vous ! s'écrie M. Sanyal. Vous ne pouvez même pas me dire dans quel état se trouve mon fils.

— C'est-à-dire que...

— C'est assez ! Laissez-moi parler, je résume l'affaire : quatre hommes, la bande des quatre, ont kidnappé mon fils Bablou. Ils l'ont emmené dans une voiture volée, de couleur bleue, dans la direction de Singhbhoum.

— En effet, monsieur.

— Inutile de m'interrompre. Laissez-moi finir. En route, un camion les a frappés de plein fouet et a pris la fuite. Au milieu de la nuit. Vous avez ensuite retrouvé le camion.

— En...

L'inspecteur s'est retenu à temps.

— Deux hommes sont morts sur le coup. Deux sur quatre. Le chef est indemne.

— Oui, monsieur.

— Quel est son nom ?

— On ne sait pas son vrai nom.

— Parfait ! Sous quel nom le connaît-on ?

— Samson.

— Et le quatrième ?

— Raghounath.

— C'est un faux nom ?

— C'est bien possible.

— Ça n'a pas d'importance. Vous dites que Samson et Raghounath sont vivants. Ils se sont enfuis après l'accident. Et vous dites que Bablou a été projeté hors de la voiture ?

— En effet. Car à quelques mètres de la voiture on a retrouvé un morceau de semelle de soulier appartenant à un enfant de dix à douze ans. Le bord de la route étant en pente vers la forêt on l'a retrouvé dans le fond. En plus on a vu des taches de sang non loin et une tablette de chocolat.

— Mais lui, vous ne l'avez pas retrouvé ?

— Non, monsieur.

— Vous avez cherché dans la forêt ? Ou bien avez-vous eu peur des tigres ?

L'inspecteur ne réussit pas à sourire. Il se met à tousser.

— Il n'y a pas de tigre dans cette forêt, monsieur. Nous avons cherché dans la forêt et même dans les villages voisins.

— Alors, qu'est-ce que vous venez me raconter ? Tout est clair comme de l'eau de roche : Samson et Raghounath se sont sauvés avec Bablou.

L'inspecteur lève la main en signe de protestation puis la baisse de nouveau.

— Il y a un rayon d'espoir, c'est ce que je...

— Ne faites pas de phrase, je vous prie. Allez au fait.

L'inspecteur s'éponge une nouvelle fois le front.

— Une personne du nom de Amarnath Banerji, qui travaille au Centre National du Jute, revenait à Calcutta de Ghatsila dans sa voiture le lendemain de l'accident. Il a fait construire une maison à Ghatsila où sa femme et ses enfants...

— Pas de détails inutiles.

— Excusez-moi, monsieur. Cinquante kilomètres avant Kharagpur il a vu un jeune garçon sur un camion. Il était blessé au bras et à la jambe. Le conducteur du camion a dit qu'il l'avait trouvé évanoui sur le bord de la route, à un kilomètre environ du lieu de l'accident vers le nord, sur la route nationale. Le monsieur l'a emmené à Kharagpur dans une pharmacie. Le garçon, une fois pansé, a demandé à aller aux toilettes et il en a profité pour se sauver. M. Banerji a fait un rapport à la police.

L'inspecteur s'arrête. M. Sanyal qui avait écouté le regard fixé sur le rebord de son immense bureau, les sourcils froncés, lève les yeux vers l'inspecteur.

— Vous ne me dites même pas si le jeune garçon a donné son nom ?

— Il y a là un problème. C'est que le garçon semble avoir perdu la mémoire.

— Perdu la mémoire ?

M. Sanyal incrédule fronce les sourcils et le nez.

— Il n'a pas pu dire son nom ni son adresse.

— Impossible !

— Cependant il correspond tout à fait au signalement.

— Comment est-il ? clair de teint ? de corpulence moyenne ? les cheveux bouclés ? c'est bien ça ?

— Oui, et il a parlé aussi d'un pantalon bleu et d'une chemise blanche.

— Est-ce qu'il a mentionné les grains de beauté à la taille ? et celui qu'il a au menton ?

— Non, monsieur.

M. Sanyal se lève. Il regarde sa montre.

— Il faut que j'aille au tribunal, dit-il. Je n'y suis pas allé ces trois derniers jours, je me faisais tant de soucis. J'ai envoyé un télégramme à mes trois autres fils. L'un est à Kharagpur. Je lui ai téléphoné, il arrive aujourd'hui. Le deuxième est à Bombay, le troisième à Bangalore. Ils viendront, c'est certain, dans un jour ou deux. Je suis désolé pour ma mère. Celle de Bablou n'est plus en vie, sinon ce coup l'aurait tuée. J'ai eu l'idée d'un plan. Si les deux hommes gardent Bablou en otage, ils demanderont une rançon. Je la leur paierai pour retrouver l'enfant. Vous les arrêterez après si vous pouvez. Cela m'est indifférent.

Sur ces mots, un des plus grands avocats du Barreau de Calcutta, Saradindou Sanyal, sort de son bureau tapissé de livres, en faisant sonner ses pas sur le sol de marbre blanc et en obligeant, une fois de plus, l'inspecteur Dinesh Chand à s'éponger le front.

CHAPITRE V

Dans un quartier nord de la ville de Calcutta, deux hommes entrent dans un petit salon de coiffure et s'asseyent l'un à côté de l'autre. Vingt minutes plus tard, ils en sortent tout différents de ce qu'ils étaient à leur arrivée. Le plus jeune et le plus grand des deux, dont la carrure avait surpris le coiffeur, avait un collier de barbe, une moustache et des cheveux longs jusqu'aux épaules. Il n'a plus maintenant ni barbe ni moustache et ses cheveux sont aussi courts qu'au régiment. Les favoris de l'autre sont coupés, sa raie est passée de droite à gauche. À la place de sa barbe abondante il ne lui reste plus qu'une fine moustache. En guise de pourboire les deux apprentis coiffeurs reçoivent du plus costaud des deux un regard qui leur ferme à jamais la bouche.

Vingt minutes après leur séance chez le coiffeur, les deux hommes sonnent à la porte d'une petite maison décrépite située dans une ruelle du centre de la ville. Un vieil homme décharné leur ouvre la porte. Le costaud lui pose les cinq doigts de la main sur la poitrine et le repousse ainsi à l'intérieur de la maison. Il y entre à sa suite. Le deuxième homme y pénètre le dernier et referme la porte. C'est le soir. L'intérieur de la pièce est éclairé par une très faible ampoule.

— Tu me reconnais, hein, pépé ? demande le costaud en se penchant vers le vieillard.

Les yeux du vieux, petits et ronds comme des boutons de bottine, lui sortent de la tête. Il tremble, et ses lunettes à monture d'acier d'un autre âge lui tombent sur le nez.

— Non... non...

Le costaud a un rire désagréable.

— Je me suis fait couper la barbe ! Regarde mieux.

Il attire vers lui la tête du vieillard, à tel point que les lunettes d'acier sont contre sa joue.

— Tu ne sens pas, pépé ? l'odeur du savon à barbe ? Je m'appelle Samson. Ça te dit quelque chose ?

Le vieillard, tout tremblant, s'assied sur le lit brutalement car le costaud vient de le lâcher.

— Je te dérange au moment de fumer, hein ? Désolé !

Un petit pupitre sans pieds est posé sur

le lit et dessus un almanach est ouvert. Les pages de l'almanach sont tenues ouvertes par un presse-papiers en pierre de forme rectangulaire. Samson, appuyé contre le mur, soulève le narghilé du vieux et enlève l'embout. Puis il soulève le presse-papiers et renverse le contenu du fourneau du narghilé, avec les charbons ardents, sur les pages de l'almanach. Il lance ensuite le narghilé dans un coin de la pièce, prend une vieille chaise cassée et s'assied juste devant le vieillard.

— Dis-moi cette fois, hein, pépé ? Si tu veux faire les poches des gens, il faut le dire tout de suite. Pourquoi jouer les astrologues ?

Le vieux ne sait pas à quel saint se vouer. De la fumée s'élève des pages calcinées de l'almanach vers les poutres du plafond. Le livre est déjà à demi brûlé. Il se dégage une forte odeur de tabac et de papier consumé.

— L'autre jour, quand je suis venu, dit Samson de sa voix basse et rude, je t'ai dit que j'allais entreprendre quelque chose d'important et qu'il fallait m'indiquer un jour propice. Tu as regardé tes bouquins et tu m'as dit que le 7 septembre tout irait bien. Les gens disent que tu peux même prédire l'avenir d'un corbeau qui vient se poser sur la corniche de ton toit ! Alors nous, on t'a fait confiance. Tu m'as fait sortir

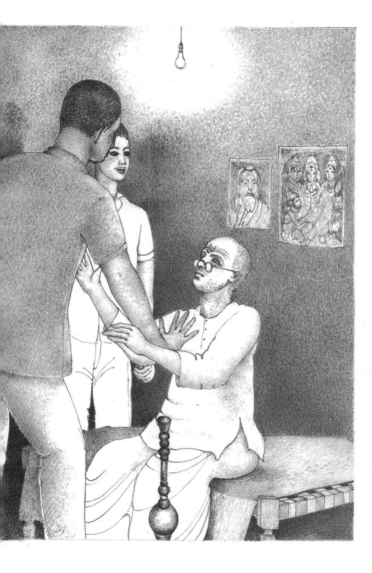

dix roupies de ma poche et tu as mis le billet dans cette boîte en bois que j'aperçois là. Ensuite tu sais ce qui est arrivé ?

L'astrologue ne quitte pas son almanach des yeux, c'est pourquoi, sans doute, Raghounath lui prend le menton pour lui faire tourner la tête vers Samson. En même temps il lui maintient les yeux ouverts de force de façon qu'il ne puisse pas détourner son regard. Avant même d'en arriver là, Raghounath avait jeté sur le lit les lunettes de l'astrologue.

— Écoute, dit Samson, la voiture dans laquelle j'emmenais mon « colis », eh bien un camion lui est rentré dedans. La voiture est en morceaux ; le camion se sauve. Deux de mes partenaires sont morts sur le coup. Moi, j'ai une santé de fer, c'est pourquoi je m'en suis tiré. Mais j'ai eu presque le genou déboîté. Et lui, là, mon associé, blessé en trois endroits ! Il ne peut pas se mettre sur le côté pour dormir. Et celui pour qui on faisait tout cela, il est disparu, mort, envolé... Tu n'avais pas prévu tout ça, toi, hein ? Pourquoi ?

— Moi, je ne...

— Tais-toi.

Raghounath lâche la tête du vieux, car c'est Samson qui se charge de la suite.

— Allez, pépé, sors-moi quelques billets de dix.

— Mais, je...

— Tais-toi !

Samson pousse une sorte de rugissement étouffé et un couteau vient se placer dans sa main. La lame sort brusquement de la garde lorsqu'il appuie sur un déclic.

La main au couteau s'avance vers l'astrologue.

— Une minute, une minute...

L'astrologue met d'abord la main dans sa poche, puis la tend vers la boîte en bois tachée de graisse qui contient son argent.

CHAPITRE VI

En cinq jours Fatik a déjà bien appris son nouveau travail. Oupen est un homme gentil, ce qui a facilité les choses. Il donne à Fatik le logement, la nourriture et douze roupies de salaire. L'incident d'hier a bien prouvé sa gentillesse. Fatik était allé acheter pour lui une chique de bétel dans une boutique voisine et là, il avait rencontré un garçon, appelé Bishou, qui était employé par le marchand. Bishou est nouveau dans son travail, lui aussi. Il y est depuis un mois environ. Le deuxième jour après son arrivée il avait cassé une tasse. Aussitôt il s'était retrouvé empoigné par les cheveux ! Un coup de poing formidable du patron lui avait fait des bosses sur le crâne... Oupen, lui, ne bat pas. Il gronde et ses reproches durent très longtemps et finissent par se transformer graduellement en conseils et admonestations.

Le deuxième jour, lorsque Fatik a cassé un verre, Oupen est d'abord resté un long moment à contempler les morceaux éparpillés sur le sol. Puis lorsque Fatik eut ramassé les débris, Oupen a ouvert la bouche :

— Ce verre que tu as cassé, tu penses que ça ne coûte rien de le racheter, peut-être ? Qui va payer ? Toi ou moi ? Pense un peu à ça quand tu travailles. Il faut être vif dans le travail, c'est vrai, mais ça ne veut pas dire qu'il faille sauter un verre à la main. Il ne faut pas jongler avec la vaisselle dans un café.

La leçon que donne Oupen n'est pas vraiment faite pour être entendue. Dans le vacarme et le remue-ménage du café, Fatik remarque que les lèvres d'Oupen remuent et que ses sourcils restent froncés. Quand il passe une commande de son côté, un ou deux mots lui parviennent aux oreilles. Oupen ne s'interrompt pas dans son travail pour lui faire la leçon, Fatik l'a bien remarqué.

Il ne vient pas chaque jour de nouveaux visages dans le café. La plupart du temps, ceux qui y viennent sont des habitués. Ils arrivent toujours à la même heure et leur commande ne change pas. L'un ne prend qu'une tasse de thé, l'autre du thé et des toasts, le troisième du thé, des toasts et des œufs, et ainsi de suite. Des œufs, cela veut dire des œufs pochés ou des omelettes. Fatik commence à savoir qui commande quoi. Ce matin, par exemple, quand cet homme très maigre, au visage triste, est arrivé à son heure habituelle et qu'il s'est assis à la table numéro trois, Fatik est tout de suite allé lui dire :

— Du thé et des toasts sans beurre ?

L'homme a répondu avec son même visage triste :

— Tu es déjà au courant ?

Ça l'amuse beaucoup de reconnaître les gens. Mais il faut se méfier, car cet après-midi il s'est trompé. Il a cru reconnaître un client assez fort qui portait une chemise jaune. Il lui a dit :

— Du thé et une omelette avec deux œufs ?

L'homme a aussitôt baissé son journal et a levé les yeux sur Fatik.

— C'est toi qui décides, peut-être ?

Ce qui fait le plus plaisir à Fatik, c'est que maintenant il sait transporter la vaisselle. Haroun-da lui avait dit :

— Tu verras que tu y arriveras peu à peu. Et alors ça te sera aussi facile qu'un mouvement de danse. En fait, ça aussi c'est un art. Tant que tu ne l'auras pas complètement maîtrisé tu casseras une chose ou l'autre de temps en temps.

Haroun-da vient chaque après-midi voir Fatik. Il n'a pas dit la vérité à Oupen. Fatik a été présenté comme un cousin éloigné d'Haroun, originaire de Mednipour, un orphelin qui n'a d'autre parent qu'un méchant oncle, fumeur de chanvre, qui le bat.

— Vous comprenez Oupen-da, ce type lui a écorché le coude avec ses ongles. Vous avez vu les bosses sur son crâne ? des coups de manche à balai.

Oupen avait tout de suite été d'accord. Il voulait se débarrasser du serveur qu'il employait alors, car il s'était absenté trois fois pour aller au cinéma, et en rentrant il avait raconté un plein panier de mensonges pour s'excuser !

L'apparence de Fatik a changé. Haroun-da lui a coupé ses cheveux tout bouclés. Fatik, bien sûr, n'a pas protesté. Haroun-da lui a donné ensuite deux culottes courtes, deux chemises, deux maillots de corps et une paire de sandales en lui disant :

— Tu travailleras en maillot de corps. Avant de le mettre tu le tremperas dans du thé et tu le feras sécher.

Fatik alors a frissonné. Il s'est peut-être senti devenir grand en entendant parler de son travail. Fatik est sûr qu'il s'habituera. Il travaillera de huit heures et demie du matin à huit heures du soir, cinq jours par semaine, le samedi jusqu'à quatre heures et le dimanche il aura congé. Quand on sort du café par la porte de derrière on passe dans une petite pièce, construite en bois, qui est la chambre d'Oupen. Fatik a son lit sous l'avancée du toit de cette pièce. La première nuit, les piqûres de moustique l'ont empêché de dormir. Il a essayé de se couvrir de la tête aux pieds avec son drap mais il avait du mal à respirer et il a dû renoncer. Le lendemain il en a parlé à Oupen qui lui a donné une moustiquaire. À partir de ce jour-là il a bien dormi. La plaie de son coude s'est cicatrisée. La douleur qu'il a dans la tête disparaît puis revient. Mais ce qui ne revient absolument pas c'est le souvenir des événements qui ont précédé le moment où il a aperçu les étoiles. Il comprend qu'il ne doit pas y penser, que ça ne servirait à rien. Haroun-da aussi lui a dit que ce qui n'était pas présent dans son esprit, ce qui s'était évanoui, ne devait pas lui causer de souci.

— Cela reviendra tout seul si ça doit revenir, Fatik.

Hier, ç'avait été vraiment un jour formidable. C'était dimanche. Haroun-da avait dit à Fatik de l'attendre dans son café. Il est arrivé à deux heures, une besace sur l'épaule. Cette besace était faite de morceaux de tissu multicolores cousus ensemble. Fatik avait quitté le café avec Haroun-da et dix minutes plus tard ils étaient au pied de la Colonne des Martyrs.

Fatik n'avait pas pensé un seul instant qu'un endroit pareil pouvait exister. Sur un côté de la Colonne on ne voyait qu'une immense mer humaine. Comment peut-il y avoir tant de monde en un seul endroit, se demandait Fatik, qui n'en croyait pas ses yeux.

— Si tu pouvais monter au sommet de la Colonne, dit Haroun-da, tu verrais que cette foule n'est pas disposée au hasard. Tu verrais qu'ici et là il y a des vides, de forme circulaire. Dans chacun de ces espaces quelque chose se passe que les gens se mettent en cercle pour voir.

— Il y a chaque jour autant de monde ? a demandé Fatik.

— Seulement le dimanche, a répondu Haroun-da. Viens, je vais te faire voir, tu comprendras.

Fatik a vu, c'est vrai, mais il n'a pas vraiment compris. Ce n'est pas facile de comprendre une affaire aussi vaste. Tant d'activités diverses, tant de jeux, tant de langues, tant de couleurs et tant de bruits sont rassemblés en ce lieu que Fatik en a les yeux, la tête et les oreilles abasourdis. Il n'y a pas que des bateleurs. D'un côté se pressent des marchands ambulants, vendeurs de dentifrice, de crèmes et lotions, de baumes contre les rhumatismes, de remèdes pour les yeux, d'écorces séchées dont personne ne sait le nom, et de combien d'autres choses encore. Ici, d'un sac qui en est plein, une perruche tire un papier et prédit ainsi l'avenir. Un homme dont les paroles sont autant de fusées fait la réclame pour un savon merveilleux. Il porte un turban, un pantalon kaki et ses mains sont pleines de mousse de savon rose. Là un autre remue bras et jambes alors qu'il a autour du cou une grosse chaîne de fer et tient un discours que les gens écoutent bouche bée. À côté de lui, sur un endroit cimenté, un homme est assis, les jambes étendues. Il a le teint très foncé, des vêtements sales, des cheveux longs et embroussaillés. Cet homme qui a l'air d'un fou dessine sur le sol, avec des craies rouges, noires et blanches, des images de divinités d'une grande beauté. Les badauds lui jettent des pièces de monnaie qui tombent avec un bruit métallique sur la queue du dieu-singe Hanuman, sur le diadème du roi Ramchandra ou sur les dix têtes de Ravana, le démon. Mais l'homme n'y fait nullement attention.

Fatik se rend bien compte cependant que ce sont les bateleurs qui sont les plus nombreux. Parmi eux il voit un spectacle qu'il ne sait pas

qualifier : un petit garçon, plus jeune que lui de quelques années, s'enfonce la tête dans un trou creusé dans le sol. Un autre enfant tasse bien la terre tout autour de lui de sorte que l'air ne puisse pas passer. Le petit garçon reste ainsi la tête enfoncée sous terre. Fatik le regarde un moment sans rien dire. Puis, n'y tenant plus, il avale sa salive et, avec hésitation, il s'adresse à Haroun-da :

— Haroun-da ! Mais il va mourir !

— Personne ne vient ici pour mourir, Fatik, répond Haroun-da. C'est pour vivre qu'ils viennent ici. Il survivra, lui aussi. Ce qu'il fait là n'est qu'une question d'habitude. Quand tu verras jongler Haroun le Calife, tu sauras ce que l'habitude peut faire !

Haroun-da l'emmène à travers la foule jusqu'à l'endroit où il a l'habitude de s'installer pour montrer ses tours. Une petite fille a pris sa place maintenant. Elle fait de l'équilibre sur une corde. Elle marche d'un bout à l'autre de la corde raide, tendue à plusieurs mètres du sol.

— C'est une fille de Madras, dit Haroun-da.

Ailleurs, ils voient un cercle de fer entouré de flammes qui est suspendu en l'air.

— Si je comprends bien, s'écrie soudain Fatik, un homme va sauter au travers de ce cercle ?

Haroun-da s'arrête et lui jette un regard.

— Tu te souviens de ça ? lui demande-t-il. Tu as déjà vu ça ?

Fatik, sur le point de répondre « oui », se retient. Un instant une image faite de lumières vives, de musique et de foule s'est présentée à son esprit pour s'effacer aussitôt. Déjà il ne voit plus que ce qui est devant lui.

Haroun reprend sa marche, Fatik le suit.

Il n'y a encore personne là où Haroun va faire ses jongleries. On entend un tambourin qui résonne derrière la foule à droite. Fatik aperçoit le pelage noir d'un ours entre les jambes des spectateurs. Tous les baladins accompagnent leur spectacle au son du tambourin ou du tambour. Haroun, quant à lui, sort de sa besace un instrument tout différent, une flûte, mince d'un côté et large de l'autre, décorée de fleurs. Haroun souffle sept fois dans sa flûte. Fatik sait que les accents de la flûte se sont fait entendre d'un bout à l'autre de l'esplanade.

Haroun remet alors l'instrument dans la poche de son gilet, puis il pousse un cri qui fait sursauter Fatik.

Tchou-ou-ou-ou-ou !
Tchou-tchou-tchou-tchou-tchou-ou-ou-ou !

Aux accents de la flûte, suivis par cet appel,

nombreux sont les jeunes gens qui viennent en courant se planter devant Haroun. À peine sont-ils arrivés que le jongleur frappe une fois dans ses mains de toutes ses forces, tourne trois fois sur lui-même, fait une roulade, un saut de géant et lance une fois encore son cri pour attirer les passants.

Tchou tchou tchou tchou tchou ou ou ou
Tchou mantar djantar fantar
On retrouve goût à la vie
On oublie ses maladies
Vie vie vie vie
Tchou ou ou ou

Juste après avoir lancé son « tchou », il souffle encore une fois longuement dans sa flûte et, après un autre battement de mains et une autre roulade, il reprend :

Venez venez venez
nez nez nez nez
Venez et admirez
La jonglerie la magie
À Calcutta la jolie
Venez venez venez

Venez voir le jongleur
Le magicien le bateleur
Haroun le grand jongleur

Magie adresse acrobatie
Ici ici ici

Venez garçons bons et méchants
Vous tous ici serez contents
Arrivez vite à mon appel
Pour voir l'adresse la plus belle
Venez venez venez !

« Mon Dieu, se dit Fatik, quelle voix puissante et quelle astuce pour faire venir les gens ! »

Déjà se sont rassemblés un bon nombre de spectateurs. Haroun sort alors de sa besace un petit tapis tout fripé qu'il étale sur l'herbe. Il s'assied dessus et sort de sa besace les accessoires qu'il lui faut pour ses numéros et les dispose devant lui. Fatik le voit mettre en place quatre boules de cuivre bien brillantes et ciselées, deux énormes toupies, une cordelette pour les faire tourner, plusieurs baguettes de bambou ornées de plumes rouges et bleues, cinq modèles de chapeau fantaisie dont un que Haroun se met sur la tête. Fatik avait aidé Haroun à disposer les objets, cette fois il lui dit :

— Va te mettre dans la foule, dès qu'un tour sera fini tu applaudiras.

Pour les deux premiers exercices, c'est Fatik qui commence les applaudissements, mais pour les suivants ce sont les spectateurs eux-mêmes. À partir du troisième numéro Fatik n'a plus besoin d'applaudir. À dire vrai, il est tellement ébloui par l'adresse d'Haroun qu'il n'y pense même plus. Ce n'est pas seulement à cause de son tour de main mais c'est que tout le corps du jongleur semble animé, depuis la taille jusqu'au sommet du crâne, par une puissance magique. Assis sur ses talons, il enroule la cordelette autour de la grosse toupie puis il la lance devant lui. Avant que la corde ne soit au bout, il donne à la toupie un coup par-derrière qui l'envoie tourner dans les airs pour finalement se retrouver sur la paume d'Haroun. Fatik ne comprend pas comment elle peut retomber chaque fois à la même place. Et ce n'est pas fini... Haroun fait passer la grosse toupie de sa paume à la pointe d'une baguette décorée de plumes. La toupie, grosse comme une citrouille, se met à tourner sur une tige mince comme la pointe d'un crayon. Fatik pense que c'est la fin, qu'il va falloir applaudir, mais pas du tout. Haroun baisse la tête et place la baguette juste au milieu de son menton. Il retire sa main et voilà que la baguette, surmontée de la toupie, se met à tourner et à virer sur son menton avec ses plumes colorées. Fatik, stupéfait, voit que de temps en temps la baguette arrête de tourner pour reprendre un moment après, alors que la toupie ne cesse jamais de tourner.

Haroun a encore plus de succès avec ses boules. Il en lance une, puis deux, puis trois, puis quatre. Au soleil de l'après-midi les boules de cuivre resplendissent. La lumière qui se reflète sur le métal s'en vient éclairer le visage du jongleur. Il semble alors que c'est de sa figure qu'émane la lumière.

Le spectacle se poursuit jusqu'au coucher du soleil. Vers la fin beaucoup de badauds ont quitté les autres bateleurs pour venir admirer Haroun. Quelle surprise pour Fatik de voir que même de jeunes enfants lancent des pièces de monnaie à la volée ! Tant qu'il fait son numéro, le jongleur ne les regarde pas. Mais lorsqu'il a fini il appelle Fatik :

— Ramasse-moi ça.

Haroun pendant ce temps range ses accessoires dans sa besace. Fatik a fini de ramasser l'argent. Il compte dix-huit roupies et trente-huit centimes. Haroun met sa besace sur l'épaule :

— Viens, dit-il, je t'invite à dîner. Je te ferai goûter quelque chose que tu n'as jamais mangé.

CHAPITRE VII

Fatik a accroché un calendrier des postes sur
le mur dans le coin où se trouve son lit. Chaque soir, avec la pointe d'un crayon, il barre
le jour qui vient de s'écouler. C'est comme ça
qu'il sait depuis combien de temps il travaille.
Le huitième jour, un jeudi, à midi et demi, un
client entre chez Oupen-da. Sa taille et sa corpulence sont telles que Fatik n'en a jamais vu
de pareilles. Il va s'asseoir à la table la plus éloi-
gnée de là où est assis Oupen, à gauche de la
porte. Un autre homme l'accompagne qui a un
physique tout à fait ordinaire. Le costaud, à
peine installé à sa place, lance un appel. Fatik
comprend que cet appel lui est adressé. Le client
à la tache noire au menton qui vient tous les
jours lire son journal, pendant une demi-heure,
devant une tasse de thé, vient de partir. Fatik
enlève sa tasse et donne un coup de torchon sur
la table. Le costaud l'appelle pour la deuxième
fois :

— Deux omelettes et deux thés, vite !

— J'arrive, monsieur.

Fatik ne comprend pas pourquoi sa voix tremble un peu en disant cela et pourquoi la tasse qu'il tient dans sa main fait de même. Il transmet la commande à la cuisine, dépose la tasse du client précédent, va remettre à Oupen l'argent de ce dernier et lance encore une fois un regard de côté sur le costaud. Il ne se rappelle pas l'avoir déjà vu. Alors pourquoi a-t-il réagi ainsi à son appel ? Les deux hommes parlent entre eux, le mince allume la cigarette du costaud.

Fatik détourne les yeux. Puis, en faisant virevolter son torchon, il s'en va essuyer les miettes d'une autre table, celle où est assis Panna Babou. C'est lui le plus élégant de tous les clients du café. Quand il arrive, Oupen se lève de sa place et va lui faire un brin de causette. Et Panna Babou a fait à deux reprises ce que personne ne fait jamais : il a donné un bon pourboire à Fatik. Aujourd'hui encore il lui laisse dix centimes. Fatik décide qu'il va économiser cet argent pour rembourser Haroun.

L'omelette se prépare. Le cuisinier donne à Fatik deux tasses de thé. Il les emporte avec beaucoup d'aisance sans en renverser une goutte et les pose devant le mince et le costaud. Généralement il annonce ce qu'il sert et mentionne aussi ce qui est encore à venir en disant « telle chose en route ». Maintenant donc il dit :

— Les deux omelettes, en route !

En disant ces mots Fatik regarde le costaud et s'aperçoit que celui-ci le dévisage, bouche bée. Par l'orifice, la fumée de la cigarette qui est restée collée à sa lèvre sort en faisant des ronds.

Fatik reste quelques secondes peut-être à regarder les ronds de fumée. Au moment où il se retourne l'homme le rappelle :

— Viens ici !

Fatik s'arrête.

— Il y a combien de temps que tu travailles ici ?

La police ! Ce sont des gens de la police, sinon pourquoi est-ce qu'ils lui poseraient cette question. Fatik décide de cacher la vérité, de dire n'importe quoi, mais en faisant attention qu'Oupen n'entende pas. Il lance un regard de côté vers la place qu'il occupe mais ouf ! justement il n'est pas là.

— Il y a longtemps, monsieur.

— Comment t'appelles-tu ?

— Fatik.

Fatik est un faux nom qu'il s'est donné à lui-même, il n'hésite donc pas à le lui dire.

— Quand est-ce que tu t'es fait couper les cheveux ?

— Il y a longtemps, monsieur.

De la cuisine on fait savoir que les omelettes sont prêtes.

— Je vous apporte vos omelettes, messieurs.

Fatik va chercher les deux assiettes et les place en face des deux hommes. Puis il apporte le sel et le poivre qu'il va chercher à une autre table. Le costaud et son ami parlent entre eux maintenant. Ils ne le regardent plus. Fatik s'en va vers un autre client, assis un peu plus loin. Leur omelette finie, les deux hommes se préparent à payer la note à Fatik.

— Comment tu t'es fait mal au bras ? demande le costaud.

— Je me suis écorché au mur.

— Des mensonges tu en dis combien dans une journée ?

Fatik ne reconnaît pas cet homme et pourtant ses paroles ne lui plaisent pas du tout. Il se dit qu'il en parlera à Haroun dès qu'il le verra.

— Tu ne réponds pas ?

L'homme le dévisage toujours. Oupen, juste à ce moment-là, pousse la porte d'entrée

et pénètre dans le café. Voyant Fatik immobile, il s'inquiète :

— Qu'est-ce qui se passe ?

— Le monsieur me demande...

— Quoi ?

— Depuis combien de temps je travaille ici.

Oupen regarde le costaud et répond sur un ton radouci :

— Pourquoi donc, monsieur ? Qu'y a-t-il pour votre service ?

Le costaud se lève sans répondre et dépose l'argent sur la table. Son compagnon fait de même. Avant la fin du jour, Fatik, débordé de travail, a presque oublié les deux hommes curieux.

CHAPITRE VIII

Vers quatre heures de l'après-midi Haroun arrive au café d'Oupen. Il a promis à Fatik depuis plusieurs jours de lui montrer où il habite. Il demande donc la permission d'emmener Fatik et l'obtient. Le fils du cuisinier, Satou, remplacera Fatik au café pendant les trois dernières heures de sa journée de travail. Satou est très souvent malade sinon il ferait un excellent serveur.

— Aujourd'hui, je vais te montrer un numéro tel que tu n'en as jamais vu, du grand art, dit Haroun en sortant du café.

Fatik a le cœur si joyeux qu'il n'aperçoit pas les deux hommes du matin debout devant la boutique de bétel, sur le trottoir d'en face.

Haroun ne prend jamais les bus bondés car il lui faudrait s'accrocher aux portes et risquer d'abîmer ses mains.

— Si mes mains perdent de leur agilité, je n'aurai plus rien à manger, tu comprends,

Fatik. La marche à pied, c'est ce qu'il y a de mieux.

Haroun et Fatik marchent longtemps dans des ruelles étroites et traversent des rues plus ou moins larges pour arriver enfin au pont sur lequel passe le train électrique. Du pont un escalier descend vers un quartier composé de maisons encore plus petites et plus pauvres qu'ailleurs. C'est là qu'habite Haroun. Fatik, du pont, voit que le bidonville s'étend loin devant lui. À l'horizon, des cheminées d'usine se dressent au-dessus de la cime des cocotiers. Fatik a l'impression que les maisons sont enveloppées de fumée comme d'une couverture.

— C'est la fumée des fourneaux, dit Haroun. À la tombée de la nuit on allume les fourneaux pour faire la cuisine dans chaque foyer.

Haroun et Fatik descendent les marches.

— Tu sais, dit Haroun, des gens de toutes sortes habitent ici, des Hindous, des Musulmans, des Chrétiens. Parmi eux il y a des artistes fantastiques qui font des merveilles. Le menuisier Jamal vient chanter de temps en temps chez moi. Je m'assieds sur mon lit et j'oublie où je suis, tellement est grande la magie de son art.

Le petit chemin s'en va en serpentant

jusqu'à la maison d'Haroun, au milieu des habitations aux toits de tuiles. Haroun et Fatik marchent l'un près de l'autre et des deux côtés de la rue des enfants de huit à quatorze ans sautent de joie en les voyant, battent des mains et appellent Haroun par son nom. Haroun fait à chacun un signe de la main.

— Aujourd'hui, dit-il, vous verrez un nouveau numéro !

Les enfants sautent de joie. Fatik ne se doutait pas qu'Haroun avait tant d'amis.

La lumière entre à peine dans la chambre d'Haroun, c'est pourquoi, sans doute, il l'a tellement décorée d'objets de couleur. Vêtements, papiers, poupées, images, cerfs-volants, tout est là. Cependant la chambre n'a pas l'air d'un magasin de bric-à-brac. Il a mis ce qu'il faut là où il faut, pas plus pas moins. Fatik se dit que c'est là un grand art. Et bien sûr il y a le peu qui lui est indispensable pour son travail, la boîte aux accessoires et la besace.

Un élément de décoration est passé inaperçu au milieu de tous ces objets. Dès que la lumière est allumée il saute aux yeux.

— C'est la photo de qui, Haroun-da ?

Juste sous la lampe, est accrochée une petite photo dans un grand cadre. Un homme à la moustache retroussée, aux cheveux ondulés,

fixe Fatik. Sous la photo on voit écrit bien lisi-
blement à l'encre noire : *Enrico Rasteli*.

Haroun allume une cigarette et souffle la
fumée.

— C'est un autre de mes maîtres, dit-il. Je
ne l'ai jamais vu. Un Italien. C'était un jongleur
comme moi. Il y a cent ans. J'ai découpé sa
photo dans un journal. Tu m'as vu jongler avec
quatre balles ? Lui, il jonglait avec dix balles.
tu te rends compte ? Pas cinq, pas sept, dix !
Les spectateurs en perdaient la tête.

Haroun a fait des recherches sur l'art du
jongleur, Fatik n'en revient pas. Il sait l'anglais,
alors ?

— J'ai étudié jusqu'à la troisième, explique Haroun. On habitait Chandernagor. Mon
père avait un magasin de tissus. J'avais entendu
dire qu'au moment de la foire de Mahesh on
peut assister à de bons numéros de jongleur. Je
suis donc parti pour les voir. Deux jours plus
tard, quand je suis revenu, mon père m'a fait
voir un autre genre de spectacle ! Tu as vu les
gros ciseaux pour couper les tissus ? Voilà ce
que ça donne !

Haroun relève sa chemise et montre un trou
dans son dos.

— Il a fallu trois semaines pour que ça se
cicatrise. Et puis, un jour, pensant le moment

venu, avec onze roupies dans ma poche et un baluchon sur l'épaule je suis parti de la maison sans rien dire à personne. J'ai passé trois jours dans le train et j'ai changé trois fois de ligne. J'ai voyagé sans billet, me nourrissant de thé et de biscuits. Le troisième jour, par la fenêtre du compartiment, j'ai vu le Taj Mahal. J'étais arrivé à Agra. Alors je suis descendu. J'ai marché dans la ville et je suis arrivé devant le Fort. Derrière le Fort s'étendent des terrains incultes, puis il y a le fleuve et encore plus loin le Taj.

Puis j'ai tourné mes regards de l'autre côté. Le long du Fort il y avait une sorte de terrasse et en dessous, sur l'herbe, des bateleurs montraient leur art. D'un côté des charmeurs de serpents, de l'autre des montreurs d'ours et entre les deux Asadulla qui jonglait des deux mains avec ses boules, les yeux bandés ! Ce n'est pas pour rien que j'ai éprouvé pour lui le respect et l'amour d'un disciple. J'avais la chair de poule et les larmes aux yeux. Comment un homme peut-il faire une chose pareille ?

— Qui le regardait jongler ? demande Fatik.

— Des Anglais et des Anglaises qui du haut de la terrasse regardaient les bateleurs et qui leur lançaient des billets de cinq et dix roupies tout pliés. Les uns en jetaient aux charmeurs de serpents, les autres aux montreurs d'ours et d'autres encore au jongleur. La plupart les lançaient au jongleur. Un homme a lancé bêtement, sans le plier, un billet de dix roupies dans la direction des boules du jongleur. Un coup de vent l'a détourné et l'a fait tomber au beau milieu de la corbeille du cobra, qui était dressé avec son capuchon enflé. Le maître-jongleur avait retiré son bandeau. L'Anglais criait quelque chose depuis le haut. Moi, rapide comme l'éclair, j'ai couru et j'ai plongé la main dans la corbeille. J'en ai sorti le billet que j'ai mis dans la main du maître. « Bravo, mon garçon ! » me dit le maître en me caressant la tête. Je ne savais pas parler l'hindi. J'ai sorti deux boules de bois de ma poche et je lui ai fait voir ce que j'avais appris à faire les trois jours précédents. Depuis ce jour et jusqu'à sa mort j'ai été son disciple, j'ai marché dans son ombre. Mais je n'ai jamais encore osé jongler en public les yeux bandés. Aujourd'hui je vais essayer.

La troupe des enfants du quartier attendent derrière la porte. Haroun sort, sa besace sur l'épaule. Fatik le suit. Il tourne à gauche. Dix maisons plus loin s'étend un espace vide ; derrière c'est une mare et au-delà le mur d'une usine. Haroun pose son tapis et s'installe au milieu de l'espace vide, là où les broussailles sont peu nombreuses. Les enfants prennent place devant lui et sur les côtés.

Haroun sort un mouchoir de soie jaune et noire de sa besace. Il le passe à Fatik, debout à côté de lui, en disant :

— Attache-le bien serré.

Fatik bande les yeux d'Haroun avec le mouchoir, puis il va se mêler à la foule.

Les yeux bandés, Haroun par trois fois salue son maître. Ensuite, d'abord avec deux boules de cuivre, puis avec trois, il fait des tours si fantastiques que Fatik se dit que si tout s'effaçait de nouveau de sa mémoire sauf ce moment-ci, il en serait satisfait pour le restant de ses jours.

Mais les boules ne suffisent pas. Haroun les met de côté et, toujours les yeux bandés, il sort de sa besace trois couteaux dont les lames sont si brillantes qu'on y voit se refléter les maisons, les arbres et le ciel. Les lames se mettent à danser dans les mains d'Haroun. Le ciel, l'air sont découpés en longues tranches devant le jongleur, mais pas une fois les couteaux ne se touchent. Pas une fois ils ne coupent les mains d'Haroun.

Quand le quartier résonne des battements de mains et de bravos, Fatik s'avance pour dénouer le mouchoir, mais voilà qu'il n'y arrive

pas tant sa main tremble. Haroun a compris la situation et, en riant, défait lui-même le mouchoir. Puis il range toutes ses affaires dans la besace et dit aux enfants :

— C'est fini pour aujourd'hui. Rentrez chez vous.

Fatik se demande pourquoi Haroun n'a pas le visage aussi souriant, n'a pas l'air aussi content qu'il devrait l'être. Il a peut-être du chagrin en pensant à son maître.

Ce n'est pas ça la raison. De retour chez lui Haroun en parle à Fatik.

— Deux hommes, tu comprends, des étrangers au quartier. Je ne les ai jamais vus. Ils regardaient de loin dans ta direction. Dès que j'ai ouvert les yeux, mon bandeau enlevé, je les ai vus. Je n'aime pas leur air et leur façon de faire.

Fatik se rappelle aussitôt les deux clients du café.

— Un costaud et un maigre, non ? demande-t-il.

— Oui, c'est ça. Tu les as vus ?

— Pas maintenant, à midi.

Fatik raconte alors ce qui s'était passé. Le visage de Haroun s'assombrit.

— Il a du poil dans les oreilles ? demande Haroun.

— Oui, oui !

Fatik s'en souvient maintenant. Il l'avait remarqué au début, puis l'avait oublié.

— C'est Shyamlal, dit Haroun les mâchoires serrées. Il a beau être costaud des épaules et de la poitrine, il a les jambes très arquées. De loin je m'en étais douté. Il portait la barbe autrefois, il l'a rasée. Je n'avais pas fait le rapprochement avec les poils aux oreilles et la barbe rasée. Il y a quelques années j'allais de temps en temps dans un petit café à Chitpour Road. C'est là que je l'ai vu. Ils étaient quatre amis. Un bien vilain monsieur...

Haroun s'arrête tout d'un coup et demande en fronçant les sourcils :

— Deux hommes sont morts dans l'accident de voiture, non ?

Fatik fait oui de la tête. Haroun prend un air encore plus sombre.

— C'est bien ce que j'avais pensé, Fatik. Ton père est un monsieur très riche.

La pensée de sa famille n'évoque rien pour Fatik, il reste donc silencieux. Haroun se lève et va regarder par la fenêtre en faisant attention de ne pas se montrer.

— Ils sont encore là. Ils ont allumé une cigarette.

À l'extérieur l'obscurité est venue. Fatik se

rappelle qu'il doit rentrer chez lui, à Bentinck Street. Haroun va le raccompagner. Si les deux hommes ont de mauvaises intentions, ils peuvent avoir des ennuis.

Haroun se rassied sur le lit. Fatik ne l'a jamais vu si soucieux.

— Tu penses à mon retour ? demande-t-il.

— Il y a un autre chemin pour rentrer. On peut sortir par la porte de derrière, passer par chez Lakha, le maçon, et s'enfiler dans la ruelle juste derrière. Shyamlal n'y verra que du feu. Si je ne me trompe il ne connaît pas bien ce quartier. Il t'a suivi pour venir ici. Non, ce n'est pas le problème. Le problème c'est ton avenir.

Il s'arrête un moment et reprend en regardant Fatik droit dans les yeux.

— Tu ne te souviens toujours de rien ?

Fatik secoue la tête.

— De rien. Je ne sais pas ce que ça veut dire se souvenir.

Haroun se donne une tape sur le genou et se met debout. Puis il ferme sa porte à clef, et, laissant la lumière allumée, il sort avec Fatik par la porte de derrière.

CHAPITRE IX

Le dimanche suivant, le matin.

Une réunion se tient chez Saradindou Sanyal dans son salon. C'est un immense salon dans une maison aristocratique du siècle dernier. Le portrait de celui qui a construit cette demeure est accroché à un mur. C'est le père de Saradindou Sanyal aujourd'hui décédé. Le fils suit la profession paternelle mais il n'a pas encore les énormes revenus qu'avait son père. Il gagnait environ mille roupies par jour.

L'assurance de M. Sanyal est moins grande que l'autre jour. Il n'a encore reçu aucune demande de rançon des kidnappeurs, et cela le trouble. Il se fait encore plus de soucis pour son fils. Cette fois M. Sanyal et l'inspecteur ne sont pas en tête à tête. Sont présents aussi deux des fils de M. Sanyal, le deuxième et le troisième. L'aîné était venu lui aussi mais son travail l'a obligé à repartir.

C'est le second, Soudhindra, qui parle maintenant. Il a vingt-quatre ans. Il est clair de teint, il porte des favoris et de grosses lunettes noires.

— On lit souvent des cas de perte de mémoire dans les revues étrangères, papa. Cela arrive, dit-il. Je ne comprends pas pourquoi tu n'y crois pas. Tu n'as jamais entendu parler d'amnésie ?

Le troisième fils, Pritin, ne dit rien. Proche par l'âge de son frère enlevé, il est peut-être plus inquiet. C'est lui qui a appris à Bablou, son petit frère, à jouer au football, au monopoly. C'est lui qui lui expliquait ses devoirs de maths, qui, l'autre jour encore, l'avait emmené au cirque. Depuis qu'il est étudiant à Kharagpur il voit moins son cadet. Maintenant Pritin se frappe le front de douleur avec la paume de sa main. Il est sûr que s'il avait été à Calcutta ce jour-là Bablou n'aurait pas été kidnappé. Pourquoi pense-t-il ainsi, c'est difficile à dire. Même s'il avait été à Calcutta, ce jour-là, il n'aurait sûrement pas été avec son frère. Bablou revenait de l'école. Son ami Parag l'accompagnait, il habite trois maisons plus loin. Ce jour-là l'école était fermée. Mais comme il allait y avoir une fête sur le terrain de sport de l'école peu de jours après on avait fait venir quelques élèves pour aider aux préparatifs. Bablou avait été appelé, pas son ami. Il revenait donc seul de l'école vers cinq heures et demie du soir. Des truands l'ont enlevé alors dans une voiture bleue. Le vieux gardien de chez les Poddar en a été témoin.

— S'il en est ainsi, dit M. Sanyal, même s'il revenait à la maison, il ne reconnaîtrait personne.

— Ça se soigne, dit Soudhindra. On peut faire retrouver la mémoire. Tu peux consulter le Docteur Bose à ce sujet. Et s'il n'y a pas ici de spécialiste qualifié il y en a ailleurs.

— Dans ce cas...

M. Sanyal se met debout. Avant qu'il ne finisse sa phrase, l'inspecteur Chand intervient :

— Faites ce que je vous dis, monsieur. S'ils ne se sont pas encore manifestés, cela veut dire que votre fils n'est pas entre leurs mains. Et si l'enfant a perdu la mémoire il ne reviendra pas de lui-même. Je vous conseille donc de faire passer une annonce dans les journaux. Offrez une récompense. Vous verrez bien. Vous n'y perdez rien de toute façon.

— Avez-vous trouvé la moindre trace de ces deux hommes ?

— Ils sont à Calcutta, semble-t-il, répond l'inspecteur. Mais on ne peut pas dire que...

Saradindou Sanyal enfonce la main dans

la poche de sa robe de chambre et pousse un soupir.

— Bon, occupe-toi de l'annonce, qu'elle passe dès demain, dit-il à son second fils.

Soudhindra fait oui de la tête.

— Dans combien de journaux faut-il mettre l'annonce ? demande M. Sanyal à l'inspecteur.

— Dans cinq journaux au moins. Il faut la donner en trois langues, en anglais, en bengali et en hindi. Si c'était moi je la mettrais aussi en ourdou et en punjabi. Impossible de savoir qui sont les ravisseurs de votre fils.

— Il faudra mettre sa photo aussi ? demande Pritin. J'ai une bonne photo de Bablou, elle a été prise l'année dernière.

— Puisqu'on met une annonce, il faut la mettre de façon qu'on la voie bien. La dépense ne compte pas.

CHAPITRE X

Depuis le matin Fatik est rempli d'impatience. Aujourd'hui, Haroun présentera pour la première fois, sur l'Esplanade, son numéro les yeux bandés. Depuis l'autre jour Haroun vient chaque soir au café voir Fatik. Au début il y venait une fois par jour, maintenant deux fois. Ce soir-là Fatik n'avait eu aucune difficulté à rentrer chez lui. Shyamlal et son compagnon ne les avaient pas suivis.

Fatik avait alors réalisé à quel point Haroun connaissait bien les ruelles de Calcutta. Même s'ils avaient été suivis il aurait réussi à semer leurs poursuivants.

À chaque visite Haroun lui demande s'il a revu les deux hommes. Mais non, ils ne sont pas revenus. Fatik ne sait pas s'ils ne rôdent pas autour du café car il est occupé du matin au soir. Il n'a pas une minute pour aller voir dehors ce qui se passe. Depuis quelques jours déjà il fait son travail en professionnel. Au début, quand il allait se coucher le soir, il sentait que ses bras étaient lourds et sans force, mais ce n'est plus le cas maintenant. Depuis jeudi dernier, après son travail, quand il a dîné, il s'exerce à lancer et rattraper deux boules de bois. C'est Haroun qui les lui a apportées. L'une est rouge, l'autre jaune. Il lui a appris comment on rattrape la boule au vol.

— Cet art que tu apprends maintenant, il est vieux de plus de cinq mille ans. On le pratiquait en Égypte. Qu'est-ce que je dis cinq mille ans ? depuis la création du monde, il y a des millions d'années !

Fatik n'en était pas revenu. Il s'était dit que Haroun exagérait. Mais il lui avait expliqué :

— Tu vois cette terre. Eh bien, c'est une boule aussi. Et toutes les planètes : Mars, Mercure, Jupiter, Vénus, Saturne, sont des boules elles aussi. Et toutes tournent autour du soleil. La lune, elle tourne tout autour de la terre. Pourtant aucune ne vient à heurter les autres. Tu te rends compte ? C'est le plus grand numéro de jongleur qui soit ! Si tu regardes le ciel, la nuit, tu comprendras ce que je dis. Tu penseras à ça quand tu prendras en main les boules.

Même si les deux hommes ne reviennent pas, Fatik comprend que Haroun est inquiet et que son anxiété ne s'apaisera pas facilement.

Parfois il a l'impression que ce n'est pas seulement de peur qu'il s'agit mais d'autre chose. Seulement il ne comprend pas ce que c'est. Il remarque que les yeux si brillants d'Haroun, pour un instant, parfois s'assombrissent.

Bien sûr, il ne pense pas à tout ça quand il arrive à l'Esplanade. Une foule se presse déjà là où Haroun, dimanche dernier, a présenté son spectacle. Fatik reconnaît quelques-uns d'entre eux : le garçon borgne au visage marqué par les traces de la variole ; le brahmane si petit que, de dos, on le prend pour un enfant et qu'on s'étonne de le voir pourvu d'une moustache et d'une barbe ; le grand aux dents en avant... En voyant Haroun les spectateurs poussent des cris et battent des mains.

Haroun prend place et jette un regard vers le ciel. Fatik comprend pourquoi. Des nuages se sont amassés à l'ouest. Si la pluie tombe tout sera gâché. Ô seigneur ! Faites qu'il ne pleuve pas, qu'Haroun réussisse à faire son numéro les yeux bandés et que les spectateurs en restent bouche bée et qu'il reçoive beaucoup plus d'argent que la dernière fois ! Quel dommage qu'il n'y ait pas quelques Anglais dans la foule, ce serait formidable s'il y en avait ! Qui donc ici peut lancer des billets de cinq ou dix roupies !

On entend gronder le tonnerre dans le lointain, Haroun aussitôt commence à jongler. Dès qu'il a fini son numéro qui consiste à jongler avec la toupie sur le menton, il fait signe à Fatik d'approcher. La toupie tourne encore sur la paume de sa main. Quand Fatik est près de lui, Haroun lui fait tendre la main et fait passer la toupie de sa paume sur celle de Fatik en lui disant : « Attrape ! »

Dès qu'il sent le chatouillis de la toupie sur sa main, Fatik frissonne de plaisir. Il est maintenant l'assistant d'Haroun, son disciple !

Haroun cette fois fait tourner une autre toupie sur sa main droite et reprend celle de Fatik sur sa gauche. Puis tant que les toupies sont lancées, le jongleur éblouit les spectateurs avec son numéro.

Une fois qu'il a fini de jongler avec ses toupies il appelle à nouveau Fatik. Il sort de sa besace le mouchoir de soie et le met dans la main de Fatik. Celui-ci bande les yeux d'Haroun avec le mouchoir. Alors un murmure d'excitation passe dans la foule. Le ciel est devenu très sombre mais Fatik sait que ça n'a pas d'importance. Les yeux d'Haroun ne voient rien maintenant. Pour ce numéro il n'a pas besoin de lumière.

À peine fini le numéro avec les toupies, Fatik avait compris qu'Haroun gagnerait beaucoup plus d'argent que d'habitude. De nom-

breux spectateurs nouveaux sont venus se join-
dre aux premiers en quelques minutes.

Haroun sort de sa besace les boules de cuivre numéro trois. Avec l'accompagnement d'un
coup de tonnerre, les yeux bandés, il salue son
maître disparu et lance sa première boule vers
le ciel. Quand les boules ont fait quatre fois
l'allée et le retour et qu'elles repartent pour la
cinquième, il se produit quelque chose devant
les yeux de Fatik : s'il avait eu à choisir, il aurait
préféré que le ciel lui tombe sur la tête.

Juste au-dessus de la tête d'Haroun, une
boule vient heurter une autre dans un bruit
assourdissant et toutes deux tombent sur l'herbe
à droite et à gauche du jongleur.

Le plus étonnant c'est que les spectateurs
qui, jusqu'alors, applaudissaient Haroun, lui
criaient bravo, éclatent soudain de rire et se mettent à le siffler.

Mais ça ne dure pas longtemps. En cinq
minutes la foule se disperse et la place est vide.
Haroun dénoue seul son bandeau et range ses
accessoires dans sa besace. Fatik se prépare à
ramasser l'argent mais Haroun l'arrête avec
brusquerie. Il s'assied sur l'herbe et allume
une cigarette. Fatik s'assied à côté de lui. Il
n'ose pas lui parler et n'en a pas envie non plus.
Fatik entend le bruit des voitures qui passent

sur l'avenue Chowringhee, il n'y avait pas fait attention jusqu'à maintenant. Haroun tire deux bouffées de sa cigarette.

— La tête et la main sont si intimement liées, dit-il enfin, que si la première ne fonctionne pas bien la seconde ne veut pas marcher non plus... Je ne jonglerai plus les yeux bandés tant que je ne t'aurai pas trouvé un endroit sûr.

Fatik se demande ce que raconte Haroun. Il se trouve très bien là où il est. Pourquoi a-t-il besoin d'un autre lieu sûr ?

— Depuis que j'ai vu Shyamlal, l'autre jour, j'ai compris ce qui t'est arrivé, dit Haroun. Ces gens-là t'avaient enlevé et ils s'enfuyaient. Ils voulaient te mettre en lieu sûr et ensuite réclamer une rançon à ton père pour te relâcher. L'accident de la voiture a ruiné leur plan. Shyamlal et un autre s'en sont sortis, les deux autres sont morts. Shyamlal, te voyant sans connaissance, a cru que tu étais mort, toi aussi, c'est pourquoi ils sont partis sans toi. L'autre jour, chez Oupen, ils ont retrouvé la trace de leur gibier échappé. Quand je suis rentré après t'avoir raccompagné, j'ai vu que ces deux individus étaient encore là à rôder. Ils sont restés jusqu'à onze heures du soir, puis ils sont partis. Je les ai suivis et je sais où ils habitent. Si on prévient la police ils seront arrêtés. Mais ça

ne réglera pas tes affaires. Il faut que toi aussi je te remette à la police.

— Non, non, Haroun...

— Je sais ce que tu penses. C'est pourquoi je ne me décide pas. Et pour dire vrai, si je savais qui tu es, ce serait autre chose. Mais maintenant te donner à la police ce serait comme si je leur donnais un chien errant.

Cette parole porte un coup à Fatik.

— Les chiens des rues ne jonglent pas avec des boules de bois, que je sache !

— Tu t'exerces alors ?

Pour la première fois Haroun regarde Fatik en face et il sourit légèrement.

— Bien sûr ! Qu'est-ce que tu crois ?

Fatik est toujours un peu vexé.

— Après ma journée de travail, je m'exerce pendant une heure avant de m'endormir.

Fatik sort les boules de sa poche et les montre à Haroun.

— Bravo ! On attend encore deux jours. Si personne ne te recherche alors je t'emmènerai avec moi.

— Où donc ?

Fatik est tout surpris. Il ne savait pas qu'Haroun pensait à partir.

— Ce n'est pas encore sûr, mais hier j'ai reçu une lettre de Venkatesh, mon ami de Madras. Il me dit de le rejoindre. Je n'ai plus envie de ramasser comme ça l'argent par terre. Ça fait longtemps que...

— Il t'est quoi ce môme, hein ?

C'est venu de façon si inattendue que Fatik a l'impression que son estomac lui remonte dans la bouche. Les deux hommes se sont approchés par-derrière dans le noir. Fatik voit, près de son épaule droite, la jambe gauche fortement arquée de Shyamlal.

Haroun aussi jette un regard en coin sur Shyamlal.

— Rogho, ramasse un peu les pièces, on pourra rembourser Nanda.

Le deuxième individu commence à ramasser les pièces éparpillées sur l'herbe.

— Alors quoi ? On ne répond pas...

Shyamlal ne finit pas sa phrase. Fatik voit que la besace du jongleur avec ses quatre boules de cuivre, ses quatre couteaux et ses deux toupies s'élève du sol comme une fusée pour aller frapper Shyamlal au menton. Shyamlal recule et tombe sur l'herbe.

— Fatik !

À la seconde où il entend ce cri il sent que, lui aussi, comme tout à l'heure la besace, il est soulevé de terre et qu'à la vitesse de l'orage il est emporté sous le bras d'Haroun. En même temps, une tempête de sable se lève autour de la Colonne des Martyrs. Tous ceux qui se trouvent sur l'Esplanade courent dans la direction de l'avenue Chowringhee pour se protéger des premières gouttes de pluie.

— Tu peux courir ?

— Oui.

Fatik se rend compte que ses pieds touchent de nouveau le sol et aussitôt ses jambes se mettent à courir au rythme de celles d'Haroun en direction des voitures.

— Taxi !

On entend un bruit de frein. La portière d'une voiture noire s'ouvre devant Fatik.

— Central Avenue !

Devant eux se trouvent une autre voiture, un taxi, un autobus et une moto. Haroun et Fatik se retournent et voient que Shyamlal et Raghounath courent dans l'orage. Il fait encore un peu jour mais on a déjà allumé les lumières dans les rues et dans les magasins.

Voyant que ça s'est un peu dégagé devant lui le taxi se met en marche.

— Je vous paierai bien mais conduisez vite ! dit Haroun au chauffeur de taxi.

Virant à gauche le taxi prend l'avenue en tenant tête à l'orage. Devant eux le carrefour de Dharamtolla. Le feu est rouge mais il passe au vert avant que leur taxi n'arrive. La voiture dépasse le carrefour, laisse sur sa gauche les bureaux de la Compagnie d'Électricité et s'engage dans Central Avenue, beaucoup plus large. C'est dimanche et il y a moins de monde. Fatik sent le vent qui siffle à ses oreilles.

— Plus vite, s'il vous plaît. Il se passe quelque chose derrière.

Fatik, aux paroles d'Haroun, tourne la tête et, par la vitre arrière, il voit que les phares d'un autre taxi grandissent et se rapprochent d'eux.

— Haroun-da ! Ils vont nous rattraper !

— Mais non !

Le vent est sur le point d'assourdir complètement Fatik. Les deux phares ont diminué de taille, on les distingue mal car la pluie bat les glaces et le pare-brise de la voiture. Devant eux des voitures allumées croisent leur taxi en sifflant et disparaissant dans la direction opposée.

Cette fois il semble qu'une voiture avec ses phares arrive droit dans leur direction. Pas une voiture, un autobus, un autobus énorme, un véritable mastodonte, un ogre tout noir ! Ce sont là ses deux yeux. Il ne cesse de grossir, de grossir... Tout d'un coup le voilà qui se change en camion. Les maisons des deux côtés de la rue disparaissent. Il n'y a plus de lumière. À sa place l'obscurité, l'obscurité, l'obscurité, la forêt, la forêt, la forêt !

— Qu'est-ce que tu as, Fatik ? Pourquoi est-ce que tu te penches comme ça ? Qu'est-ce qui se passe ?

La question d'Haroun se perd dans les bruits du passé qui lui reviennent en mémoire. D'abord le fracas assourdissant du choc des deux véhicules, après quoi il lui semble qu'il vole dans l'air froid. Il a l'impression qu'il est abasourdi et ensuite tous les incidents de sa vie de douze ans trois mois semblent se précipiter et l'entourer en lui disant : « Nous voilà tous ! Choisis quand tu veux celui que tu veux ! » Ils lui crient : « Tu t'appelles Nikhil, Bablou est ton surnom. Ton père s'appelle Saradindou Sanyal. Tu as trois frères et une sœur aînée. Ta sœur s'appelle Chhaya, elle est mariée, elle habite la Suisse. » Ils disent encore : « Ta grand-mère a sa chambre au premier étage de ta maison, au bout de la véranda. Elle passe ses journées en prières. Des lunettes à monture en or sur le nez, elle se penche sur un vieil exemplaire d'un livre saint aux pages déchirées. En se balançant doucement, elle lit à haute voix... ''Tiens le ballon comme ça quand tu veux le lancer'', dit le troisième frère... Le professeur de maths crie : ''Cessez de faire l'imbécile,

Mohan''. » Mohan a tant d'astuce dans sa tête ronde. Chaque fois que Vikram pose son crayon sur son pupitre, après l'avoir aiguisé, il lui souffle dessus à travers un tuyau de papier et il le fait tomber... Il se rappelle ce qui l'a fait le plus rire. C'était le mariage de sa sœur, on avait mis un disque de Bismillah Khan. Le disque usé s'était bloqué dans un sillon. On avait entendu alors le même son indéfiniment répété pin-on, pin-on. Tous les invités qui dînaient avaient éclaté de rire... Il se rappelle aussi Darjeeling, et l'année d'avant Puri, et encore avant Mussoorie et avant encore Darjeeling et bien avant encore, quand il était tout petit, Waltair, au bord de la mer, avec le sable qui lui glissait sous les pieds et qui le chatouillait et lui qui croyait que c'étaient des milliers de fourmis qui se promenaient sous la plante de ses pieds... et sa mère qui lui disait « Tu vas tomber, Bablou, mon chéri. Tu feras boum, badaboum ! » Bien sûr, il ne se rappelle pas beaucoup sa mère. Maintenant ce n'est plus qu'une photo dans un cadre. Ces jours-ci à la maison, il n'y a plus personne... une si grande maison et juste trois personnes. L'oncle, lui, le frère de son père, il est malade. Avant il habitait avec eux quand il avait toute sa tête. Maintenant il est à l'hôpital...

    Il entend de nouveau le bruit du taxi. Il

voit les lumières de la rue. Haroun, oui, Haroun a relevé la glace de la voiture près de lui.

— Tu as eu peur, non, Fatik ? demande Haroun. Plus de danger. Ils ne sont plus derrière nous.

Il entend l'aboiement du berger allemand de la maison voisine. Il s'appelle Duc et lui, Fatik, n'a pas peur de Duc. Il n'a peur de rien. Un jour, dans la montagne, à Darjeeling, il avait marché très loin et il avait été pris dans le brouillard. Il était seul et on n'y voyait rien. Il se rappelle qu'il n'a pas eu peur.

— Tu ne te sens pas bien ? Tu as un coup de cafard ?

Il secoue la tête.

— Alors qu'est-ce que tu as ?

Il regarde Haroun. Dehors la pluie tombe. Le taxi roule encore. La vitre est fermée et on entend bien même si on parle doucement. Fatik parle doucement :

— Haroun-da, je me suis souvenu de tout !

CHAPITRE XI

Les deux amis sont assis pour le dîner dans un petit café de la rue Chitpour. Fatik sait bien qu'il n'est jamais venu auparavant dans un endroit pareil. S'il n'y était pas venu avec Haroun, il n'y serait jamais venu sans doute.

Haroun sait tout de lui maintenant. Fatik lui a même raconté comment il a été enlevé dans la rue à la sortie de l'école.

— Tu pourras me montrer le chemin de ta maison ? Je ne connais pas ton quartier, dit Haroun.

— Mais voyons, c'est très facile, répond-il en riant.

— Bof !

Haroun réfléchit un moment.

— Inutile d'y aller dès ce soir. Il faut que tu retrouves un peu ton apparence habituelle. Si tes cheveux avaient un peu repoussé, ç'aurait été mieux, mais tant pis. Demain tu mettras un pantalon et une chemise propres et tu m'attendras tout prêt. Je viendrai de bonne heure. Nous ne dirons rien à Oupen. Je m'arrangerai avec lui après.

Il ne peut pas encore réaliser qu'il va rentrer chez lui. À la maison il y a son père, sa grand-mère et son vieux serviteur Harinath. Harinath s'occupe tout le temps de lui. Il n'en a pas besoin mais Harinath insiste. Il est irrité, mais, comme Harinath est âgé, il ne se fâche pas contre lui. Et puis il y a l'école, le portier Ram Khelaon, le directeur Monsieur Shoukoul, le prof. de gym, M. Datta, les camarades de classe Anjan, Pritam, Rusi, Pradyot, Mohan. Le pique-nique qu'ils avaient fait une fois quand ils avaient traversé le Gange en bateau...

Tout d'un coup il se rappelle quelque chose qu'il a envie de dire tout de suite à Haroun.

— Dans notre maison, au rez-de-chaussée, il y a une chambre inoccupée. Il n'y a qu'une vieille armoire et une table bancale. On pourrait les enlever et tu pourrais t'y installer.

Haroun lui lance un regard de côté et met un morceau de pain dans sa bouche.

— Ton père me laisserait la décorer à mon idée comme la chambre que j'ai maintenant ?

Fatik revoit l'expression du visage de son père et ne le pense pas vraiment. Mais qu'importe ? un homme peut toujours changer.

— Pourquoi pas ? répond-il. Bien sûr qu'il te laissera !

— Très bien, dit Haroun. Dans ce cas je dirai que ton père est un véritable artiste. Seul un artiste peut comprendre Haroun le Calife !

Tout le monde ne lit pas le journal d'un bout à l'autre. Un terrible accident de chemin de fer au Bengale occupait une bonne partie de la première page. De ce fait, beaucoup de gens n'ont pas prêté attention à l'annonce qui était en dernière page. Ceux qui l'ont lue ont tous reconnu que pour un homme riche comme l'avocat Saradindou Sanyal la récompense qu'il promettait à celui qui lui donnerait des nouvelles de son fils disparu était tout à fait convenable : 5 000 roupies n'était pas une petite somme !

Oupen n'a pas vu l'annonce. Haroun ne lit pas vraiment le journal mais il en tourne les pages le matin au moment de prendre son thé au café du coin. Aujourd'hui toutefois il ne l'a pas fait, il n'avait pas la tête à ça. Il s'est levé à cinq heures et demie et, après avoir bu rapidement une tasse de thé, il est venu chercher Fatik dès sept heures. Il ne convient plus peut-être de dire Fatik, mais pour Haroun ça reste toujours son nom. Pas Nikhil, ni Bablou, pas même Sanyal. Il s'appelle toujours Fatik Chandra Pal.

Oupen a quand même demandé à Haroun où il emmène Fatik.

— Je vais un peu avec lui dans les beaux quartiers, a répondu Haroun. Je te raconterai tout à mon retour.

Oupen sait qu'Haroun a de temps en temps un grain de folie. Mais comme il est gentil il n'insiste pas et dit seulement à Satou, le fils du cuisinier :

— Tu es resté assez longtemps planté là à t'étirer. Allez, il y a du travail. Va te laver et reviens vite !

CHAPITRE XII

— De nos jours l'impression des journaux est épouvantable, dit Saradindou Sanyal à son employé Rajni. Il n'y en a pas un pour racheter l'autre. Ils ont massacré la belle photo de Bablou.

— Est-ce que vous l'avez vu dans celui-là, monsieur ?

Rajni montre à son patron un journal en anglais. On le reconnaît très bien.

Saradindou Sanyal a devant lui une pile de journaux. Rajni avait reçu l'ordre de les acheter en venant travailler. D'habitude il arrive à huit heures et demie mais aujourd'hui il est venu plus tôt. Monsieur Sanyal a pensé que, dès la parution de l'annonce, toutes sortes de gens lui amèneront des garçons de l'âge de Bablou dans l'espoir d'obtenir la récompense. Pour mettre un peu d'ordre dans tout cela il a demandé à Rajni et à son avocat stagiaire, Tapan Sarkar, de venir de bon matin prêter mainforte à son troisième fils Pritin et à son domestique Kishorilal. Sarkar n'est pas encore arrivé et Pritin dort toujours. Il a travaillé, pour préparer ses examens, tard dans la nuit. Au début de l'après-midi, il retournera à Kharagpur.

On entend le bruit d'un taxi qui s'arrête devant la porte. M. Sanyal pose alors sa tasse de café sur la table et dit en poussant un soupir :

— Ça commence !

M. Sanyal ne peut pas s'imaginer que le début c'est aussi la fin.

— Papa !

Quoi ! mais c'est la voix de Bablou ! Saradindou Sanyal regarde en direction de la tenture qui ferme l'entrée de la pièce. Juste à cet instant Bablou passe la tête, puis le corps, et pénètre dans le bureau de son père.

— Quoi ? Où étais-tu tout ce temps ? Qui t'a ramené ? Mais qu'est-ce qui est arrivé à tes cheveux ?

Saradindou Sanyal pose toutes ces questions à la fois sans reprendre son souffle. Il pousse ensuite un soupir de soulagement et se laisse aller en arrière sur sa chaise, comme si la réponse aux questions n'était pas importante et que la seule chose qui comptait était le retour de son fils.

Son regard se porte ensuite sur l'homme

qui se tient debout sous la véranda et qu'il aperçoit au côté de Bablou.

— Entrez, je vous prie, dit M. Sanyal. Qui que soit cet homme il faut le faire entrer, il y a une récompense à la clé.

L'homme s'approche de la porte. M. Sanyal s'adresse à Rajni :

— Dites au portier de ne laisser entrer aucun de ceux qui viendraient accompagnés d'un garçon ; qu'il les prévienne que mon fils est rentré.

Rajni s'en va exécuter l'ordre qu'on lui a donné. Par la portière écartée M. Sanyal voit que l'homme est maintenant sur le seuil.

Est-ce un monsieur comme il faut ? se demande-t-il. Il réfléchit un instant et décide que non. Il porte une chemise bon marché et sale, ses pieds sont chaussés de sandales éculées, son pantalon de coton blanc est tout fripé. Quant à ses cheveux, ses favoris... On ne peut pas dire qu'un monsieur comme il faut n'en a pas de semblables puisque son fils Pritin a justement les mêmes !

— Entre.

Haroun franchit le seuil.

— Comment t'appelles-tu ?

— C'est Haroun, papa, un artiste, un jongleur formidable !

Saradindou Sanyal lance à son fils retrouvé un regard légèrement irrité.

— Tais-toi, Bablou, laisse-le parler. Monte plutôt chez ta grand-mère. Dis-lui que tu es revenu. Elle s'est fait beaucoup de soucis ces derniers jours. Il y a aussi ton frère Pritin, il dort, va le réveiller.

Bablou n'a pas envie de s'en aller si vite. Comment abandonner Haroun ? Il sort de la pièce mais reste sous la véranda dans un coin où son père ne peut pas l'apercevoir. Il voit Haroun de dos.

Saradindou Sanyal regarde une nouvelle fois l'homme.

— J'écoute ce que tu as à me dire.

— Il est venu avec moi depuis Kharagpur. Il voulait monter dans le train en marche. Je l'ai hissé jusqu'au compartiment. Depuis ce moment-là il est ici.

— Ici ?

— À Calcutta, à Bentinck Street, dans un petit café.

M. Sanyal lève les yeux au ciel.

— Qu'est-ce qu'il faisait dans ce café ?

— Il travaillait, monsieur.

— Il travaillait ? Quel travail ?

M. Sanyal n'en croit pas ses oreilles. Haroun lui explique tout. Si Monsieur Sanyal avait eu encore des cheveux il s'en serait arraché quelques mèches.

— Mais qu'est-ce que c'est que cette histoire ?

M. Sanyal se lève brusquement de son siège en poussant un cri.

— C'est la loi de la jungle ici ? Tu l'as placé comme serveur dans un café minable ? Tu n'as pas ton bon sens ? Tu n'as donc pas compris que c'était un fils de bonne famille ?

Bablou ne peut pas se retenir. Il se précipite et rentre dans la pièce.

— Mais j'aimais beaucoup faire ce travail, papa !

— Tais-toi ! (M. Sanyal se fâche.) Est-ce que je ne t'avais pas dit de monter ?

Bablou repasse la porte. Resté loin de chez lui si longtemps, il rentre et voilà comment les choses se passent ! Il n'en revient pas.

Haroun est toujours debout tranquille et il s'explique sans s'énerver.

— Si j'avais su de quel milieu il venait, je ne l'aurais pas gardé, monsieur. C'est qu'il n'a rien pu dire. Il ne se rappelait rien.

— Et dès que le journal a paru, tout lui est revenu en mémoire ?

Le ton de ces questions montre bien à

Haroun que M. Sanyal ne le croit pas. Haroun est très étonné.

— Je ne sais pas de quoi vous parlez, monsieur. Il s'est souvenu de tout hier soir. Comme il pleuvait très fort je ne vous l'ai pas ramené. Je suis venu avec lui dès ce matin et je vous l'ai remis en main propre. C'est tout. J'ai fait ce que j'avais à faire. Mais vous verrez qu'il a une bosse sur le crâne. Ça lui fait mal de temps en temps. Je vous le dis au cas où vous le montreriez à un docteur... Au revoir, Fatik.

Haroun s'en va. Avant que Bablou, debout sur la véranda, ne comprenne bien ce qui se passe, son père l'appelle.

— Bablou, viens ici !

Il vient tout près de la table. Saradindou Sanyal avance la main vers la tête de son fils.

— Où est-ce que tu as une bosse ?

Bablou lui montre l'endroit. C'est vrai que la bosse n'a pas complètement disparu. De peur de lui faire mal, M. Sanyal ne le touche pas.

— Tu as beaucoup souffert ces derniers jours, non ?

Il secoue la tête :

— Non.

— Monte ; dis à Harinath de te faire couler un bain chaud. Aujourd'hui tu resteras à la maison. Le docteur viendra t'examiner. S'il dit que tout va bien, tu retourneras à l'école dès demain. On t'y accompagnera tous les jours en voiture. Allez, va.

Il s'en va.

M. Sanyal repousse de la main avec irritation le tas de journaux accumulés sur la table.

— Dans un café ! Mon Dieu !

Puis il se tourne vers Rajni :

— Un café minable, tu te rends compte ?

Rajni n'a qu'une pensée en tête qu'il ne peut pas dire à son patron car elle le concerne. Il trouve que M. Sanyal n'a pas bien agi en profitant du fait que l'homme qui a ramené Bablou n'avait pas lu l'annonce pour le priver de l'argent de la récompense.

Une heure plus tard M. Sanyal est appelé au téléphone par l'inspecteur Chanda.

— Votre annonce a-t-elle eu un résultat ? demande-t-il.

La réponse de M. Sanyal le surprend en même temps qu'elle le réjouit.

— C'est étrange, monsieur, mais il y a un moment où on se dit qu'il n'y a plus rien à faire, que tout est bouché et puis juste après, tout d'un coup, comme par magie, la route se dégage. Votre fils est retrouvé et les deux gangsters ont été arrêtés.

— Vraiment ! s'étonne M. Sanyal. Comment cela s'est-il fait ?

— Un homme a téléphoné pour indiquer leur cachette. Il n'y a pas une demi-heure de ça. On les a surpris dans leur sommeil et ils se sont réveillés au poste. Ils ont reconnu les faits.

Dix minutes après ce coup de téléphone, M. Sanyal a complètement effacé de son esprit l'incident de l'enlèvement de son fils.

La grand-mère de Bablou a été bien heureuse de retrouver son petit-fils. Elle l'a pris dans ses bras en l'appelant : « Mon chéri, mon trésor ! » Elle lui a caressé le dos et la tête en réveillant ses douleurs, puis elle s'en est retournée à ses prières. Le Seigneur lui a rendu son petit-fils, sa dévotion en est donc décuplée. Bablou s'est une fois de plus rendu compte que même si la voix de sa grand-mère leur parvient de sa chambre, en fait elle demeure bien loin d'eux.

Son frère Pritin part pour Kharagpur à deux heures et demie.

— Quand je pense que tu es passé par Kharagpur et que tu marchais dans les rues sans te rappeler ton nom ni celui de ton père ! Et moi qui suis dans cette ville à quelques kilomètres de distance et qui n'en ai rien su ! Si je tenais ces deux scélérats, d'une prise de karaté je leur ferais passer le goût du pain ! Bon, je te donne un devoir à faire : écris tout ce qui t'est arrivé, en bon anglais. Tu fais de bonnes rédactions. Écris. À mon prochain voyage je lirai ça.

Bablou n'a rien à découvrir dans cette maison. Il en connaît tous les coins et recoins, chaque pièce, chaque véranda, chaque marche d'escalier. Dans sa chambre, sur le mur, une tache d'humidité a dessiné la carte d'Afrique. Bablou s'en amusait. Maintenant il s'aperçoit qu'en s'étendant la tache a pris la forme de l'Amérique du Nord.

À trois heures et demie, le docteur Bose, un bon gros monsieur, vient le voir. Bablou se rappelle qu'il lui a toujours vu un bon sourire, même quand son malade avait quarante de fièvre. Son frère Pritin disait que les muscles de son visage étaient sûrement faits ainsi et que, même sans le vouloir, il avait toujours l'air de sourire. Harinath accompagne le docteur et lui porte son sac. Rajni le suit et la grand-mère vient voir aussi derrière ses épaisses lunettes, cachée dans les plis du rideau, en dehors de la pièce. Le père n'est pas encore revenu du Tribunal.

— Tu connais ton prix maintenant, Bablou, dit le docteur en entrant. Si on te multi-

plie par cinq tu vaux une voiture Ambassador !
Hah ! hah !

Bablou ne comprend pas le sens de cette remarque. Il le comprend lorsque le docteur, qui l'a examiné et lui a donné une grande tape dans le dos, se tourne vers Rajni et lui demande :

— Qui est donc cet homme fortuné ? Cinq mille roupies, ce n'est pas deux sous.

Rajni se gratte la gorge.

— Oui, heuh... Il s'appelle... heuh...

Il s'arrête.

Le docteur Bose n'insiste pas.

— Très bien Bablou, mon ami, un jour je reviendrai te voir pour que tu me racontes tes aventures, d'accord ?

Il s'en va, suivi de Rajni et d'Harinath.

Bablou comprend que son père a trompé Haroun. De temps en temps il lui arrive de lire le journal, les pages des sports, ou les programmes des cinémas. Il sait que les journaux publient parfois des annonces de gens disparus, avec leur photo et le montant de la récompense. Papa avait-il mis une annonce ?

Bablou descend l'escalier. Les journaux sont dans le bureau de son père. Il y voit que dans dix journaux, en cinq langues, l'annonce est imprimée accompagnée de sa photo. Une récompense de cinq mille roupies est promise

à quiconque donnera des renseignements sur Nikhil (surnommé Bablou) Sanyal.

Haroun n'a pas lu le journal, par conséquent il n'a pas réclamé l'argent. Cet argent lui est dû. Il n'aurait pas dû avoir à le réclamer. Papa devait le lui donner et il ne l'a pas fait. Bablou est saisi d'une telle tristesse qu'il va s'asseoir un moment au jardin, au pied du goyavier. Papa a trompé Haroun. Avec l'argent, Haroun aurait pu acheter des accessoires pour de nouveaux numéros, il aurait pu louer un logement un peu plus grand. Il aurait été tiré d'affaire pour un bon moment. Il aurait pu manger, boire, chanter, danser et s'amuser sans souci. S'il a vu l'annonce, maintenant, qu'est-ce qu'il doit penser ?

Bablou quitte le jardin. Il entre au salon. C'est une immense pièce : partout des canapés, des tables, des commodes, des statues, des tableaux et des vases. Rien n'a assez de couleur pour mettre de la gaieté au cœur. Les couvertures des canapés sont défraîchies, les impressions en ont presque disparu. Personne ne les a refaits. Si la sœur aînée de Bablou vivait toujours avec eux elle s'en serait occupée, mais maintenant il n'y a plus personne pour le faire.

Bablou reste un bon moment seul assis en

tailleur sur un divan. À l'horloge du mur quatre heures sonnent. Duc, le chien des voisins, lance un aboiement. Peut-être a-t-il vu passer un chien errant dans la rue. Haroun, l'autre jour, avait dit de lui qu'il était un chien errant. Bablou aurait bien préféré en être un.

CHAPITRE XIII

À quatre heures et demie Harinath ne trouve pas Bablou lorsqu'il vient lui servir le thé. Il se dit qu'il a dû sortir. Il ne s'en inquiète pas, il sait que l'ami de Bablou habite dans la même rue, trois maisons plus loin. Bablou est sûrement allé voir son ami après une si longue absence. Il reviendra bientôt, pense-t-il.

Bablou est bien allé chez son ami, mais pas chez celui auquel pense Harinath. Pour éviter que le portier de la maison ne le voie, Bablou a sauté le mur derrière le jardin et il s'est retrouvé à Lansdowne Street. Il est maintenant dans Park Street, puis il s'engage dans Lower Circular Road et va jusqu'au carrefour de C.I.T. Road. Là il demande aux uns et aux autres où est le pont qu'il finit par trouver. Il descend les escaliers, tourne à droite, puis à gauche, arrive à la pompe installée sur le trottoir, dépasse à peine un groupe de jeunes filles quand

de jeunes garçons qui le regardent venir l'inter-
pellent :

— Haroun n'est pas là, il est parti.

Bablou est terriblement déçu.

— Où est-ce qu'il est parti ? demande-t-il
tout essoufflé de sa course.

Un vieillard sort d'une maison décrépite.

— Tu cherches Haroun, petit ? lui dit-il.
Il est parti prendre le train pour Madras. Il a
été engagé par un cirque.

Pour aller à la gare de Howrah les garçons
lui conseillent de prendre l'autobus 10. Ils le
conduisent à l'arrêt de l'autre côté de la voie
de chemin de fer. Bablou avait encore de la
monnaie que lui avait donnée Oupen dans
la poche de son pantalon. Il s'en sert pour payer
l'autobus et le ticket de quai.

Pourvu que le train d'Haroun ne soit pas
parti !

— Le train pour Madras, c'est sur quel
quai ?

— Quai numéro sept, là-bas, regarde !

Le grand train reprend son souffle avant
son long voyage. Le soir tombe. Bablou, tout
essoufflé, se dépêche. Il lance des regards à
droite et à gauche. Troisième classe — seconde
classe — première classe. Bablou enjambe des
malles, des valises, des baluchons, des sacs de

voyage. Il donne des coups de coude pour se faire un passage au milieu des voyageurs et des porteurs. Il s'arrête enfin, tout surpris.

Près d'une buvette une foule s'est rassemblée et, au-dessus de la tête des gens, on aperçoit trois tasses à thé qui vont et viennent dans l'air. Les badauds poussent des oh ! et des ah ! et applaudissent à tout rompre.

Le train ne partant pas tout de suite, Haroun en profite pour faire son numéro.

Bablou écarte la foule et vient se mettre juste devant Haroun.

— Toi ici ? Qu'est-ce que tu fais ?

Haroun doit crier ça bien fort au-dessus des applaudissements. Il replace ensuite les trois tasses à thé dans les mains de leur propriétaire et s'adresse de nouveau à Bablou :

— Tu es allé jusque chez moi ? Ils t'ont dit que j'étais parti ?

Comme Bablou ne répond pas, Haroun continue :

— Je t'avais bien parlé de la lettre de Venkatesh, non ? Je me suis dit qu'il ne fallait pas lâcher cette occasion. Là-bas il faudra que je jongle les yeux bandés, monté sur une roue de bicyclette. Il me faudra au moins un mois d'exercice. Il vaut donc mieux que je parte dès maintenant.

Il veut parler de l'argent mais il n'y arrive pas. Haroun a trouvé un nouveau débouché. Il va peut-être gagner beaucoup d'argent. Il a l'air en pleine forme. Si cette histoire de sous allait l'assombrir !

Il n'a pas besoin de parler de sa propre tristesse, Haroun l'a devancé :

— Tu ne te plais pas à la maison ?

— Non.

— Fatik t'embête, non ? Il te dit : « Chez Oupen il ne fallait pas aller à l'école, on voyait toutes sortes de gens, Haroun me montrait tous ses numéros ! Tu te rappelles comme on se promenait tous les deux dans les rues de Calcutta ? » C'est ça, non ?

Haroun a raison, tout à fait raison. Il fait « oui » de la tête.

— Si tu ne remets pas un peu ce Fatik à sa place, il ne te laissera pas étudier en paix, dit encore Haroun. Ça n'ira pas du tout. Tu ne peux pas savoir à quel point je regrette de ne pas avoir étudié plus.

— Oui, mais toi tu es un si grand jongleur. Toi, tu es un artiste !

— Il n'y a pas qu'une sorte d'artiste. Tu crois qu'on ne peut pas être artiste si on habite une maison comme la tienne ? Qu'on ne peut pas être triste si on étudie ? Tu crois que les seuls artistes sont les jongleurs ? On joue avec les boules, mais on joue aussi avec les couleurs, avec les mots, avec les sons... Il y a tant de façons de jouer et tant de sortes d'artistes, voyons ! Quand tu seras grand tu sauras quel jeu te convient, tu choisiras ton style. Alors, là...

Il ne peut plus attendre. Le chef de gare a donné un coup de sifflet. Il faut qu'il lui dise. L'interrompant, il lui crie :

— Papa ne t'a pas donné la récompense : cinq mille roupies ! Tu vas partir sans ?

Haroun qui avait posé le pied sur le marchepied de la voiture se penche en riant :

— Dis donc, pourquoi est-ce que ta photo est vilaine comme ça ? On dirait une grenouille !

Haroun sait ! Haroun a vu le journal !

La locomotive a sifflé. Il s'approche de la porte du wagon.

— Dis à ton père de ma part que je n'avais aucune objection à accepter cinq mille roupies pour lui avoir rendu son fils. Mais est-ce qu'on peut vendre son frère ?

Le train se met en marche. Il ne sait quoi penser. Il entend Haroun qui lui crie :

— Le grand Cirque Diamant... quand il passera par ici tu iras le voir ! Je jonglerai les yeux bandés sur une roue de bicyclette !

— Il passera par ici, Haroun-da ?

Il court pour ne pas se laisser distancer par le train. Mais c'est de plus en plus difficile.

— Bien sûr ! Pas moyen de faire autrement. Calcutta est la ville qui aime le cirque, plus que toute autre !

Haroun agite la main.

Haroun s'éloigne.

Haroun disparaît.

Le train est parti.

Cette lumière ronde et verte c'est le signal, Bablou le sait maintenant. Cela veut dire que la voie est libre. Bablou s'essuie les yeux avec sa manche et reprend le chemin de la maison. Dans sa poche il a deux boules en bois. Et il y a un garçon qu'il connaît bien, avec qui il aura souvent à faire, qu'il va garder enfermé dans un coin de sa tête...

Ce garçon s'appelle Fatik Chandra Pal.

LES GRANDES HISTOIRES DE LA VIE

Tu as aimé ce livre.
En voici d'autres dans la même collection :

Le monstre du jardin
Vivien Alcock

Frankie Stein se sent bien isolée au sein de sa famille. Sa mère est morte, son père n'a pas l'air de la voir, son frère la dédaigne. Aussi reporte-t-elle toute son affection sur la drôle de créature qu'elle a involontairement fabriquée à partir d'une éprouvette et qu'elle cache dans le jardin.

Langue de chat
Jean-Noël Blanc

« Explosifs. Magasin. Victimes », répète d'une voix distincte Moustache, le chat de Jérémie. Les adultes ne veulent rien entendre. Moustache, lui, s'épuise à parler. Qui sait s'il n'est pas déjà en train de mourir ? Jérémie doit tout faire pour éviter ça.

La Grande-Peur
William Camus

Petit-Croc et sa tribu, les O-gla-la, savent qu'ils ne pourront éviter la guerre contre les « Faces-Pâles ». En attendant, il faut survivre. Sur les vestiges des territoires de chasse indiens, Petit-Croc participe à sa première chasse aux bisons. Mais l'heure de la bataille approche…

Mon prof est un extraterrestre
Bruce Coville

Une discipline d'enfer, des récréations sinistres. C'est la vie quotidienne de tous les élèves de CM2 depuis l'arrivée de M. Smith, le nouveau professeur. Susan déteste cet homme d'une dureté implacable. Mais un jour, elle découvre que M. Smith ne s'appelle pas Monsieur Smith.

Ciel ! Encore un prof extraterrestre !
Bruce Coville

Cette fois, Duncan en est sûr : il y a un nouvel extraterrestre parmi les profs du collège. Mais qui est-il ? Et comment Duncan, le plus indiscipliné, le plus bagarreur et le plus cancre de toute l'école, fera-t-il pour le démasquer ?

Mon prof s'allume dans le noir
Bruce Coville

Embarqué sur le vaisseau des extraterrestres, Peter apprend que la Terre risque de disparaître à jamais. Du haut de ses étoiles, il est le seul à pouvoir la sauver. Mais il ne sait pas du tout comment s'y prendre.

Mon prof a bousillé la planète
Bruce Coville

Susan, Duncan et Peter sont revenus sur la Terre. Leur mission ? Établir un rapport dont dépendra le futur de leur planète dans l'univers. Ils se retrouvent face à une invasion de Shpouts et à Big Julie, le plus étrange des extraterrestres !

Embrasse-moi, crapaud !
Bruce Coville

Pourchassée par des filles de sa classe, Jennifer atterrit dans une étrange boutique. Là, elle achète à un vieil homme bizarre un crapaud nommé Bufo. Lui non plus n'est pas ordinaire : il parle ! Mais voilà qu'il fait mieux. D'un baiser sur la bouche, il change Sarah, l'ennemie de Jennifer, en crapaud.

Les Picolini
Graham Anne Estern

Pour Jessica et Peter, recevoir en cadeau une magnifique maison de poupées, c'est géant ! Mais découvrir que les poupées sont vivantes, qu'elles possèdent de fabuleux pouvoirs et le secret d'un trésor caché... Alors là, c'est magique !

Et de six avec Clara !
Peter Härtling

La maison des Scheurer ressemble à une boîte à chaussures, juste assez grande pour les cinq membres de la famille. Papa l'appelle « le château de cartes », car il y a toujours quelque chose qui s'écroule ! Un jour, Maman annonce à ses trois enfants qu'ils vont devoir faire de la place à une petite sœur.

Paolo Solo
Thierry Jonquet

Grelottant de froid, Paolo, le petit Brésilien, erre dans Paris, seul, sans papier, sans argent. Comment a-t-il atterri si loin de son pays ? Pourquoi Kurt la crapule et sa complice Mélissa sont-ils à ses trousses ? Et quel terrible secret l'empêche donc de se réfugier auprès de la police ?

Un ordinateur pas ordinaire
Michèle Kahn

En attendant la naissance de son petit frère, Frank est envoyé chez oncle Pierre et grand-père Babbi. Il trouve leur maison en pleine révolution. Désormais, c'est Tetaclac, l'ordinateur de Pierre, qui dirige tout, à sa façon. Et cela crée des situations vraiment pas ordinaires !

Il suffit de vouloir
Betty Miles

Plus tard, Stuart, 11 ans, sera joueur de basket. En attendant, il s'entraîne aussi à ne plus être timide. Et ça marche ! Il réussit enfin à se faire un ami. Lorsque ce dernier est victime d'une agression raciste, il n'hésite pas à le défendre, au risque de prendre des coups...

La préférée
Candice F. Ransom

Devenir le chouchou de sa famille, sauver le plus bel arbre de son école, inventer un miracle pour son papa... quel programme pour une petite fille de neuf ans ! Mais en y mettant tout son cœur et beaucoup de bonne volonté, presque tout peut arriver.

L'héritier de la nuit
François Sautereau

Georges est écrivain. Un jeune extraterrestre fait un jour irruption dans sa vie et dans sa tête. Rêve ou réalité ? Qu'importe ! Grâce à ce petit prince de la nuit. Georges invente une histoire fabuleuse qui enthousiasme tous les enfants venus l'écouter.

Minuit, heure de l'horreur
J.B. Stamper

Il serait plus prudent de ne lire ces treize histoires que le jour : On n'y rencontre que spectre, loup-garou, mort vivant, créature de cauchemar et vampire. Alors, un conseil : avant d'attaquer l'histoire suivante, veillez à reprendre votre souffle.

Encore de l'horreur, quelle horreur !
J.B. Stamper

Minuit sonne. Dans son berceau, Nicolas, le bébé vampire, guette sa baby-sitter. Seule dans la nouvelle maison, Jenny hurle au moment où les bras de la femme sans tête se tendent pour l'attraper... Cognant aux carreaux, la colombe blanche roucoule son chant fou aux oreilles de sa victime... Tout cela finira très mal !

LES GRANDES HISTOIRES DE LA VIE